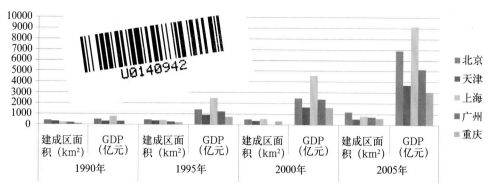

図 3-2 1990 ～ 2005 年我国特大城市建成区与 GDP 增长关系图

资料来源:《中国统计年鉴》、《中国城市统计年鉴》、《中国城市建设统计年报》。

北京
天津
上海
广州
重庆

图 3-4 珠海市总体规划图

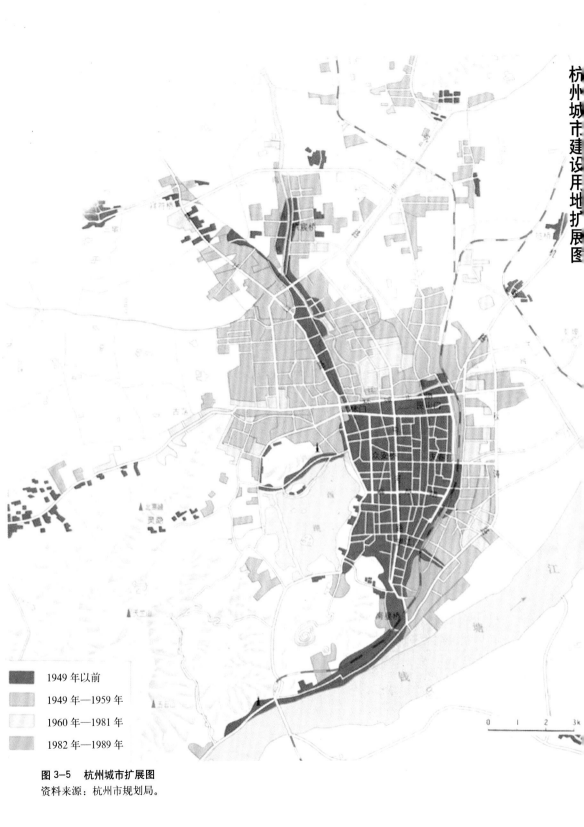

1949 年以前

1949 年—1959 年

1960 年—1981 年

1982 年—1989 年

0 1 2 3k

图 3-5 杭州城市扩展图
资料来源：杭州市规划局。

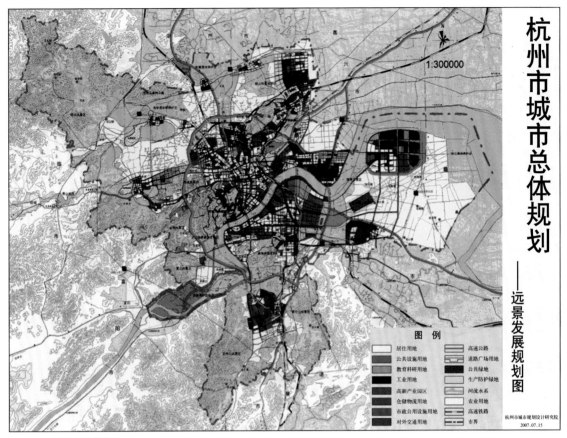

图 3-6　杭州市总体规划图
资料来源：杭州市规划局。

1929 年首都计划

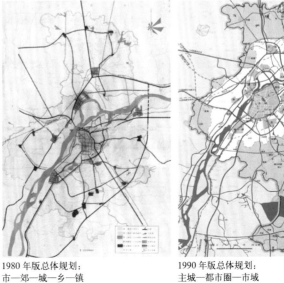

1980 年版总体规划：
市—郊—城—乡—镇

1990 年版总体规划：
主城—都市圈—市域

图 3-7　南京市三个时期规划图

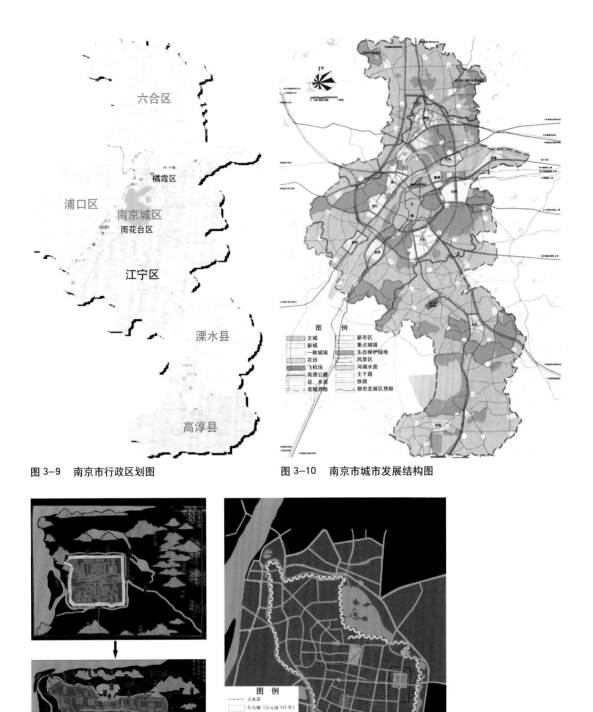

图 3-9 南京市行政区划图　　　　图 3-10 南京市城市发展结构图

图 3-11 南京古城变迁图

图 例

	1949 年以前建设用地
	1949—1957 年建设用地
	1958—1965 年建设用地
	1966—1978 年建设用地
	江河湖水系

图 3–12　南京市区 1949 ~ 1978 年建设用地扩展图
资料来源：南京市规划局。

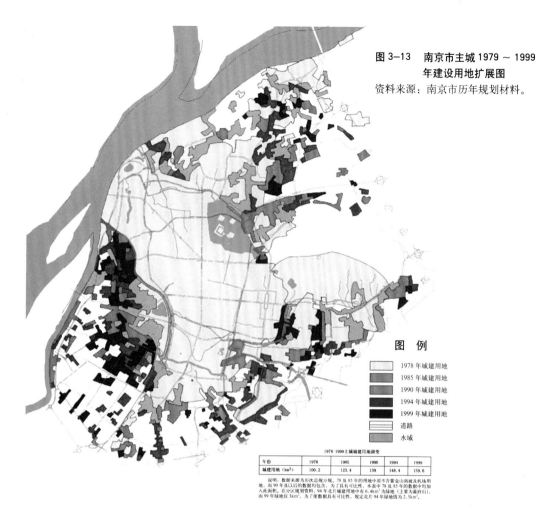

图 3-13　南京市主城 1979 ～ 1999
年建设用地扩展图

资料来源：南京市历年规划材料。

图　例

	1978 年城建用地
	1985 年城建用地
	1990 年城建用地
	1994 年城建用地
	1999 年城建用地
	道路
	水域

1978-1999 主城城建用地演变

年份	1978	1985	1990	1994	1999
城建用地（km²）	100.2	123.4	139	148.4	159.6

说明：数据来源为历次总规分规，78 及 85 年的用地中原不含紫金山南城及机场用地。而 90 年及以后的数据均包含。为了具有可比性，本表中 78 及 85 年的数据中均加入此面积。在分区规划资料中，94 年北片城建用地中有 6.4km² 为绿地（主要为幕府山），而 99 年绿地区 3km²，为了使数据具有可比性，规定北片 94 年绿地值为 2.5km²。

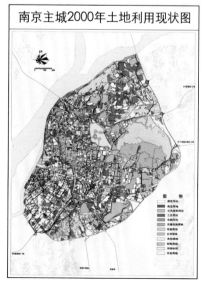

南京主城2000年土地利用现状图

图 3-15　2000 年南京市主城用地现状图

图 3-16　2004 年南京市主城用地现状图

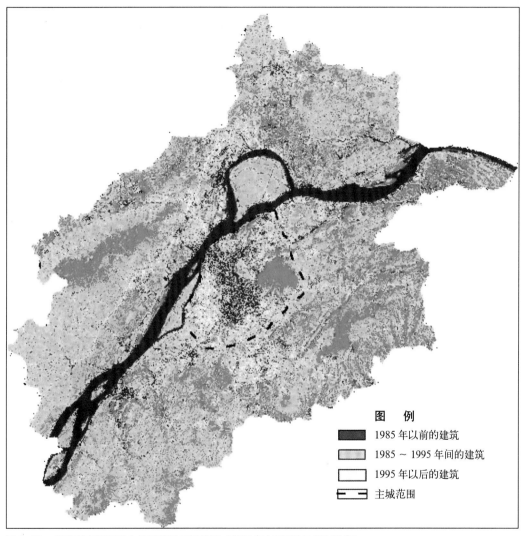

图 例

■ 1985 年以前的建筑
▨ 1985 ~ 1995 年间的建筑
□ 1995 年以后的建筑
▭ 主城范围

图 3-19　南京都市发展区中的城镇扩展影像图（2000 年 LANDSAT TM 影像）
资料来源：南京师范大学课题组。

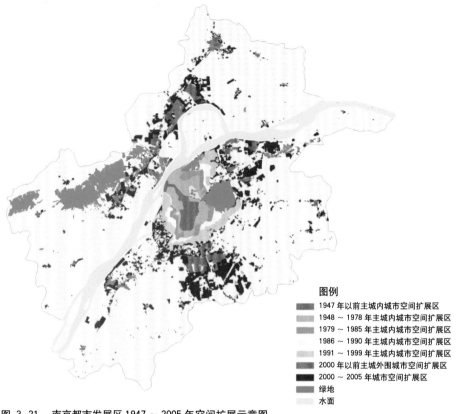

图例

1947 年以前主城内城市空间扩展区

1948 ～ 1978 年主城内城市空间扩展区

1979 ～ 1985 年主城内城市空间扩展区

1986 ～ 1990 年主城内城市空间扩展区

1991 ～ 1999 年主城内城市空间扩展区

2000 年以前主城外围城市空间扩展区

2000 ～ 2005 年城市空间扩展区

绿地

水面

图 3—21   南京都市发展区 1947 ～ 2005 年空间扩展示意图

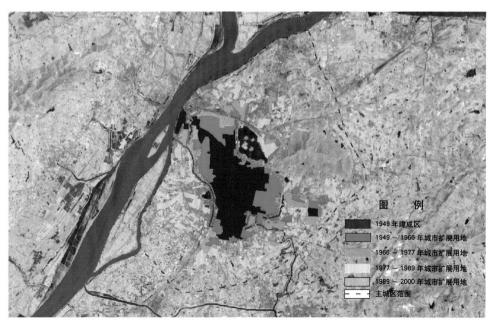

图   例

1949 年建成区

1949 ～ 1966 年城市扩展用地

1966 ～ 1977 年城市扩展用地

1977 ～ 1989 年城市扩展用地

1989 ～ 2000 年城市扩展用地

主城区范围

图 3—22   南京市区空间扩展影像分析图

资料来源：同图 3—19。

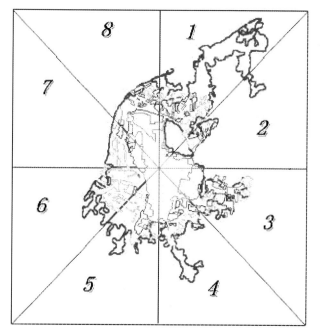

图 3-23 南京主城各个方向在 5 个年份的空间规模图

资料来源：南京师范大学课题组。

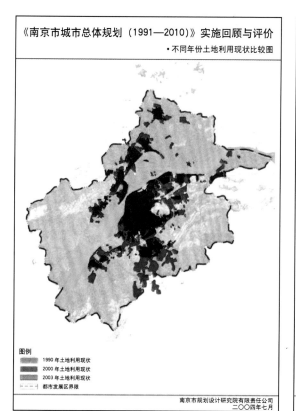

《南京市城市总体规划（1991—2010）》实施回顾与评价
· 不同年份土地利用现状比较图

图例
1990 年土地利用现状
2000 年土地利用现状
2003 年土地利用现状
都市发展区界限

南京市规划设计研究院有限责任公司
二〇〇四年七月

不同年份土地利用现状比较

《南京市城市总体规划（1991—2010）》实施回顾与评价
· 土地利用规划与现状比较图

图例
建设用地   公路
已批未建用地   铁路
储备用地   都市发展区界限
城市道路

南京市规划设计研究院有限责任公司
二〇〇四年七月

土地利用规划与现状比较

图 3-24 南京市城市总体规划实施回顾与评价图

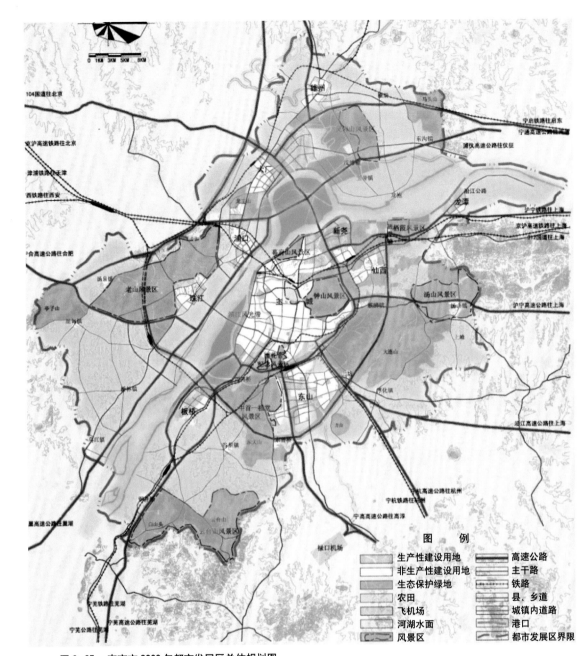

图 3-25　南京市 2000 年都市发展区总体规划图

浦口新市区

仙林新市区

东山新市区

图 3-26　2005 年都市发展区用地现状图

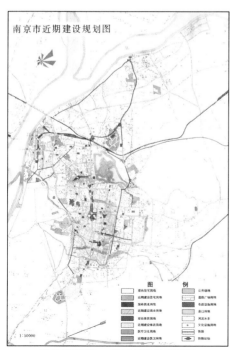

南京市 1980～1985 年建设规划图

南京市 1985 年建设用地现状图

图 3-27　1985 年的规划与实施结果

南京市 1990～2000 年建设规划图

南京市 2000 年建设用地现状图

图例
居住用地
商业用地
公共设施用地
工业用地
仓储用地
交通设施用地
市政用地
公共绿地
其他绿地
特殊用地
河湖水域
农业用地

图 3-28 2000 年的规划与实施结果

图 5-12 深圳的城市规划采取有力的措施保护农田等非城市建设用地
资料来源：深圳市国土局。

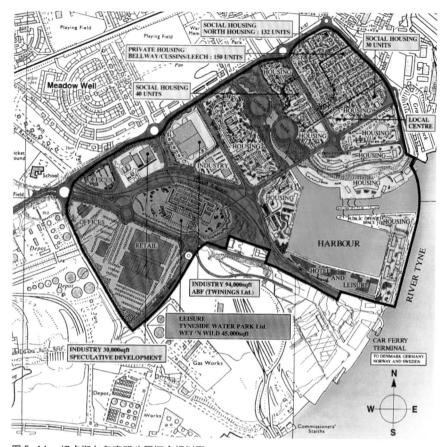

图 5-14　纽卡斯尔皇家码头区概念规划图

资料来源：TYNE AND WEAR DEVELOPMENT CORPORATION.

St. Peter's Basin Village before and after development. The scheme won the gold medal as the best partnership project in Britain in the 1991 'What House' Awards, the 'Oscars' of the housing industry.

图 5-15　St. Peter's Basin Village 实施性规划图　（规划实施对照）

资料来源：TYNE AND WEAR DEVELOPMENT CORPORATION.

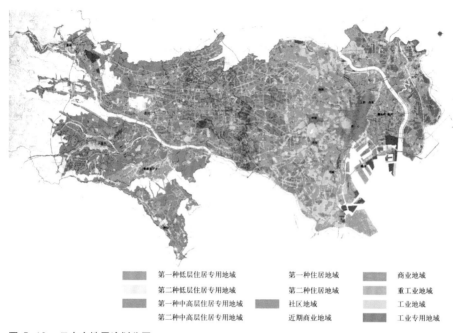

第一种低层住居专用地域	第一种住居地域	商业地域
第二种低层住居专用地域	第二种住居地域	重工业地域
第一种中高层住居专用地域	社区地域	工业地域
第二种中高层住居专用地域	近期商业地域	工业专用地域

图 5-19　日本土地用途划分图
资料来源：PLANNING OF TOKYO.

南京市宁南地区绿地规划图

绝对保护绿地
兼容低密度开发绿地
由规划管理人员确定
开发行为的绿地

图 6-2　南京市宁南地区绿地规划图

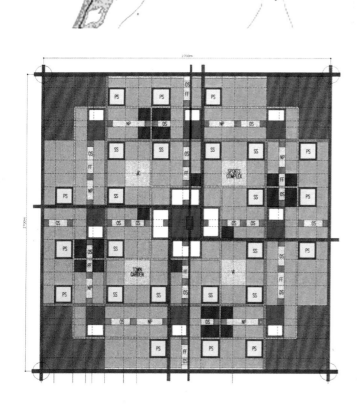

非工业城建用地

工业用地

区域非城建用地

河流水系

图 6-3　南京江北地区概念规划图

图 6-5　组团布局示意图

资料来源：新加坡雅思博设计事务所。

图例

▨ 市规划局管理区
　 浦口区管理区
　 六合区管理区
▨ 委托管理区

• 行政管理区具体界线分别由两区的城市总体规划确定。
• 对城市布局有重大影响的建设工程、区域性市政公用设施建设工程、部队和保密建设工程以及市政府确定的其他重大工程等，由市规划部门审批。
• 高速公路两侧各200m、城市快速路两侧各200m、主干道两侧各100m、城市次干道两侧各50m由市规划局管理。
• 除此以外的其他建设工程由区规划部门审批。
• 省级以上开发区按照宁政发〔2001〕17号文执行；重点乡镇企业园区按照宁委发〔2001〕13号文执行。

2002.9

图6-8　江北地区市区规划管理分工示意图

城市规划编制与实施管理整合研究

李侃桢 著

中国建筑工业出版社

图书在版编目(CIP)数据

城市规划编制与实施管理整合研究/李侃桢著. —北京：中
国建筑工业出版社，2008
ISBN 978-7-112-10076-7

Ⅰ.城... Ⅱ.李... Ⅲ.①城市规划－编制－研究－中国
②城市规划－城市管理－研究－中国　Ⅳ.TU984.2

中国版本图书馆CIP数据核字（2008）第062784号

　　本书以"整合"这一概念作为研究城市规划编制与实施管理两者关系的切入点和主线，从概念诠释、非整合现象揭示和根源剖析、国内外理论借鉴、整合理论建立、整合体系构建到南京实例应用，组成了主题鲜明、重点突出、内容系统、理论与实践结合的研究体系，不仅反映了作者对主题的理解程度和研究功力的把握，也体现了本书的理论价值。

　　本书共分7章：第1章　引言；第2章　我国城市规划编制与实施管理的非整合性及其原因；第3章　非整合性问题检验——以我国城市建设用地的增长情况为例；第4章　整合城市规划编制与实施管理——国内外理论与经验借鉴；第5章　构建中国特色的城市规划编制与实施管理整合机制；第6章　实践应用示例——南京市城市规划改革的实践；第7章　结论。

＊　　　＊　　　＊

责任编辑：姚荣华　郑淮兵
责任设计：郑秋菊
责任校对：王　爽　王雪竹

城市规划编制与实施管理整合研究

李侃桢　著

＊
中国建筑工业出版社出版、发行（北京西郊百万庄）
各地新华书店、建筑书店经销
北京嘉泰利德公司制版
北京富生印刷厂印刷
＊
开本：787×960毫米　1/16　印张：13　插页：9　字数：280千字
2008年9月第一版　2008年9月第一次印刷
印数：1—2500册　定价：39.00元
ISBN 978-7-112-10076-7
　　　　　　（16879）

序

　　我国正在建设法治国家，法治国家必定是有规划的国家。我国正在全面建设小康社会，规划是一切的龙头。我国正处在城市化进程加速，走向城市社会的历史阶段，科学的城市规划是实现这一目标的重要保证和有效手段。历史赋予城市规划重大的责任，城市规划必须积极应对，加强改革。

　　我国的城市规划改革已经受到各级政府的普遍重视和规划界的极大关注，城市规划改革的研究成果和实践活动也层出不穷。当前更多的是研究规划编制体系的改革，包括编制观念、层次、内容、方法、程序等等，出现了一批有质量的成果。在规划管理改革创新方面，包括管理体制、组织制度、公众参与、执法监督等，都有不少的贡献和实践。这些无疑有助于我国城市规划事业的发展和改革进程。然而，一个重要的、紧迫的、长期存在而又具现实意义的问题，却关注与研究不够，即城市规划编制与实施管理的协调统一问题。在现实生活中，人们常常因某些城市建设方面的问题问责规划部门"怎么规划的"，而规划部门则说"这不是规划的问题，是实施管理的问题"，管理部门则认为"规划不当"或者"不了解规划"。而根本症结所在，是规划编制与实施管理的脱节，缺乏协调关联，即作者称为两者非整合所致。李侃桢博士以其坚实的城市规划学科基础和长期的规划编制与管理的实践，选择了"城市规划编制与实施管理整合"作为研究方向，具有很强的现实性和重要的学科意义，也是作者对我国城市规划事业颇有责任的作为。

　　本书重要的特点和贡献之处是：

　　1. 以"整合"这一概念作为研究城市规划编制与实施管理两者关系的切入点和主线，具有新意。本书从概念诠释、非整合现象揭示和根源剖析、国内外理论借鉴、整合理论的建立、整合体系构建到南京实例应用，组成了主题鲜明、重点突出、内容系统、理论与实践结合的研究体系，不仅反映了作者对主题的理解程度和研究功力的把握，也体现了本书的理论价值。

2. 本书用较多的篇幅（第5章）详细阐述了具有中国特色的城市规划编制与实施管理整合理论的整合体系。作者有针对性地借鉴了英、美、德、日等国和深圳、广州等地的有关理论和实践，应用系统论、协同学和精明增长理论，构筑了城市规划编制与实施管理理论框架和基于该框架的城市规划编制系统、实施管理系统以及规划编制与实施管理的关联系统这三个子系统，并在结论部分（第7章）集大成地构建了城市规划编制与实施管理整合体系，内容具体、详尽，观点明确、清晰，是全书的精华所在和创新之处。这些研究成果既丰富了我国城市规划体系改革的理论和内容，也为实际的规划编制和实施管理提供了具体的指导和借鉴。

3. 作者颇有见地地选择了以城市建设用地增长作为考察和检验城市规划编制与实施管理非整合性的例证，具有现实性。城市规划作为空间规划，重在各项社会经济活动的空间布局，而城市管理则是各项建设活动空间的具体落实。因此，两者的非整合就集中体现在建设用地的非整合上。作者以南京、杭州、珠海等城市为案例，以详实的城市规划编制和城市建设实施过程的资料，深入分析了城建用地无序增长和两者非整合的关联性及其造成的危害。由此，也进一步说明了此项研究的重要性和迫切性，而这项实证分析也为同类研究提供了有益的启示。

4. 作为规划编制与实施管理整合理论体系的实证，作者按规划观念、规划体制、规划机制三个方面，以详实的材料，全面分析了南京市城市规划运用整合理论的方案和内容，清晰具体，具有操作性。既是对南京市规划改革的推动，也为读者提供了一个现实的范例。

中国改革开放正在深化，中国城市发展方兴未艾，中国城市规划改革任重道远，城市规划编制与实施管理的关联协调研究还有待深入。本书提出的规划编制与实施管理的整合理论与整合体系只是一种探索，还需要在实践中检验、提高、升华，然而这却是城市规划改革浪潮中一朵可贵的浪花，值得珍惜和重视。我们需要更多的规划工作者、管理工作者，尤其是具有实践经验的有志者，共同努力，在相互交流、启迪中，推进中国城市规划事业和城市规划科学的发展！

崔功豪

2008 年 3 月 15 日

前　言

　　随着中国城市规划理论与实践的健康快速发展，城市规划编制与实施管理之间缺乏有效关联互动的问题也越来越突出。实践中有时出现的规划脱离实际、过于理想化，而规划实施又过于随意和长官意志化，最终导致规划的法律性和权威性削弱的现象，并引起我国城市建设用地扩张中存在的无序增长等一系列后果。从理论和实践上早已意识到这一问题，但迄今尚缺乏充分的理论诠释和行之有效的整体解决策略。引起这个问题的原因有规划外部的，也有规划内部的，本书主要是从规划内部的角度去分析，以期自身的改善。

　　本书首先通过对我国城市规划的实际行为过程的考察，揭示了规划编制和实施管理之间的非整合性：两个本该紧密反馈互动、协调运作的环节却更多地表现为相互间的独立、不协调乃至冲突。分析非整合性产生的原因，不仅可以看到规划行政体制的影响，还可以看到更多机制、法律法规体系和观念的影响，包括规划的技术属性和公共政策属性的潜在冲突。

　　系统性原因所产生的非整合性问题，需要系统性解决。为此，本书研究分析了国内外成熟的规划理论与成功实践，取其符合中国国情的核心经验，并吸收系统理论、协同论和精明增长管理理论的有益启示，构建了一个现行体制背景下整合城市规划编制和实施管理的理论模式，在以市场化、全球化、信息化和知识经济化为特征并日益深化的新时代背景下，为我国城市规划所必须作出的应对和选择提供了一种可能的理论框架。在这一理论模式中，基础是城市规划观念、体制和机制的整合，以此为指导，现行的规划编制环节、实施管理环节和规划编制与实施管理的相互关系环节都需要相应的变革。为更清晰展示这一理论模式如何应用于实践，本书以南京市为例，具体分析了南京市城市规划编制与实施管理的整合策略。

本书是以作者的博士论文为基础修改而成。写作过程中，得到了导师南京大学崔功豪教授的鼓励和指导；南京市规划局何流博士帮助完成了部分资料的收集整理；中国城市规划学会石楠博士、中国建筑工业出版社张慧珍副总编、姚荣华编辑、郑淮兵编辑给予了热情鼓励和支持；特别是南京大学王红扬博士与我数次商榷研究提供修改建议，给予了全过程的支持和帮助；南京大学研究生黄旭在资料检索收集整理等方面，提供了卓有成效的帮助。在此，一并向他们表示诚挚的谢意。

最后，限于本人的能力、精力和条件，加之原论文形成较早，本书定有许多疏漏和不足，恳请大家批评指正。

李侃桢

2007 年 11 月于拉萨

目　录

第1章 引 言

1.1 问题的提出和现有研究综述

近年来，我国城市规划发展迅速，为国民经济和社会发展做出了巨大贡献。但不可否认城市规划中仍存在大量问题。从理论和实践上都已充分意识到问题的存在，并做出了不懈努力，然而很多方面进展并不显著。其中，研究本身表现出一个值得思索的特征，即大家往往站在自身的知识背景和角度进行探索，如规划设计部门的规划师谈规划编制，规划管理部门的管理人员说规划管理，地方政府关注规划的实施等，客观上将城市规划这一整体分割开来，在各自行业内部研究得很深刻，但很少从城市规划的整体来看待问题。这几类探索状态，笔者都亲身经历过，深切感触到只有城市规划这个复杂系统真正成为一个整体，规划研究才能更有效地推进，规划实践也才可能臻于理想。其中城市规划编制与实施管理之间的非整合性，在笔者看来是当前最突出的，本书即对这一问题的特征、机制和解决策略进行研究。

《马丘比丘宪章》认为"城市规划必须在不断的城市化过程中，反映出城市与其周围区域之间基本的动态的统一性……城市规划是一个动态的过程，它不仅包括规划的编制而且还包括规划的实施"。《华沙宣言》认为"规划不能只是制定规划还要将规划付诸实施并不断地检查其成效"。这些都说明城市规划包括城市规划编制与实施管理两个方面，现实的城市规划实践更说明了规划编制和实施管理共同组成了城市规划的核心内容和城市规划的完整过程，二者相互关联、作为一个有机整体中不可分割的两部分的性质显而易见。但是在我国，城市规划的编制与实施管理之间的非整合关系由来已久，但多年的努力并没有能够有效解决这一问题。

关于这个问题，在许多学者的论述中都有提及。邹兵在对于城市总体规划实施机制的研究中指出了总体规划的编制往往过于蓝图化，缺乏对实施管理的直接指导作用；而实施过程中在多种因素和压力的作用下，忽略已有的总体规划并进行人为的修改也是常事（邹兵，2003）。黄林等人在分析深圳市城市规划及管理问题时也提到，规划的滚动效率过低，规划的编制与修改总在不停地进行，下层次规划常常把上层次规划改得面目全非，而具体城市规划实施过程中，往往缺乏项目的有效委托、项目评价和科学的项目修改程序，循环机制不健全（黄林等，2006）。

可以看出，尽管国内许多研究并没有直接提出"非整合"的概念，但是学者们已经意识到了城市规划编制与实施管理之间的关联性问题，并对问题原因及其解决方案进行了多方面的深入探讨。对于前一个方面，现有认识主要集中在以下几点：

1）规划体制本身的原因。传统城市规划体制不完善，规划编制和实施中还存在许多亟待解决的问题，例如规划数量不少而针对性不强、内容交叉重复而衔接协调不力、规划与市场作用的界限模糊、规划评估调整机制缺乏等等（吴良镛，2003）。首先，随着社会经济的快速发展，传统的城市规划体制（包括编制体制以及管理体制）并不能适应新的市场经济要求。特别地，我国尚未形成适应政府工作要求及市场经济发展需要的法制化、规范化的编制体系、管理体系与法规体系。首先我国还没建立适应经济体制变化和加入WTO后逐步开放的规划设计市场要求的工作体系（北京市"建立适应新时期社会、经济发展的规划编制和规划管理方式研究"课题组，2002）。其次，市场经济下，规划编制程序单向化，主要是自上而下，逐级分解，层次控制，规划控制指标由上级层次分解下达，沿袭计划经济下的集权制。上级硬性分解规划控制指标与现实存在脱节现象。这使得下一级政府不能根据实际情况编制规划方案，层层规划过于缺乏弹性，不利于规划实施（白晓东，2001）。第三，规划的法规体系没有建立起来。法规的目的一方面是维护规划的严肃性，另一方面是配合规划的编制与规划文本，对规划的编制程序、共识、审批、实施、监督和验收进行管理（张晓洪，2004）。

2）规划部门自身对规划认识的缺陷。城市规划编制与实施管理之间存在的许多矛盾源自于规划部门内部的原因，而且城市规划的实施也需要社会整体的协同作用（孙施文，2001）。规划目标容易脱离地区的实际，违背社会经济发展阶段性规律。规划编制人员对未来发展把握不准确，使得规划分期末难以完成既定目标，也就使得规划难以真正落实（方创琳，2001）。

虽然规划观念已经进入市场经济，但是真正从市场需求角度考虑的规划编制不多，尚未找到如何在新观念下支配城市规划的途径（孙施文，2001）。因此，市场经济下的理性人认为达不到自己的预期目标而没有积极性去实现这个规划（杨钢桥，1999）。

3）各种外部环境的影响。例如将城市规划编制与实施管理的主体的决策行为置于政治、经济、文化背景下予以研究，城市规划决策失误的社会原因是两种经济体制的矛盾冲突给城市规划决策主体的行为带来的矛盾、偏差所致；城市规划决策失误的制度原因是以"中心化"为特征的权力结构失衡、以激励—约束不力和信息失真为特征的功能缺陷所致（雷翔，2001）。在市场经济条件下，政府关于城市问题的认识和决策的前提是需求，而城市规划编制、实施管理的责任主体不同，其对政策的理解与贯彻也不同，两者的行为难以协调（王富海，2004）。

另一方面，很多城市规划主要服务于政府领导，体现领导意图和个人意志，在对主导产业选择和重大建设项目论证等重要问题决策中显得无奈（方创琳，2001）。地方领导的思路和想法对城市规划存在某种意义上的决定性影响，然而地方领导对城市规划往往缺乏深入了解，使得城市规划工作陷入两难境地。"为规划建设决策与组织者的市长们来讲，把握市场化过程中规划建设的走向与当前问题远比规划理论重要得多。城市设施的供应不能与需求脱节，在市场经济条件下，政府的决策以需求为前提，否则就是盲目的"。而城市规划编制、实施管理的责任主体不同，其对政策的理解与贯彻也不同，两者的行为难以协调（王富海，2004）。

再次，城市规划管理者，即政府领导将大部分工作精力和重心放在对建设项目的审批上，忽视了对城市发展的战略研究、城市规划宏观调控、城市规划整体空间资源配置、城市规划特色定位、城市人居质量提升等重大发展课题的管理（张晓洪，2004）。

4）其他因素。例如缺乏合理的评价体系：对规划作用机制及其社会效果的理解和评价变得异常复杂，处在地方政府的政治过程当中，规划作用的效果评价更是艰难无比，使得规划编制、实施管理缺乏评判标准，两者之间的责任互推（张兵，2005）。

再如：城市规划过程中缺乏理性的精神和思维方式是城市规划编制与实施管理间面临困境的重要原因之一，主要表现在制度层面、知识层面以及操作层面上。思想方法上的差别主要在于规划编制工作者用理想解决现实问题，规划实施管理者从现实看待问题，矛盾由此产生（孙施文，2001）。

这些论述虽然各有差异，但是学者们普遍将问题的原因归结于某一方面，在这个基础上，也普遍针对侧重点提出了相应的解决方案和措施：

1）推进城市规划编制和实施管理体制的完善。结合体制改革，对规划编制工作的方向和重点进行调整，进一步加强规划编制的政府职能（北京市"建立适应新时期社会、经济发展的规划编制和规划管理方式研究"课题组，2002）。李广斌（2006）认为为了提高规划编制的合理性，保证规划决策的科学性，增加规划实施的可行性，规划编制组织形式应该由"集权制"转为"契约制"，规划管理应该由"自上而下"的强制型规划转向互动互求的协商型规划。城市规划编制必须面向实施，主要是城市规划成果如何获得法定地位，转化为公共政策或者直接的控制条件，保证其作为有效的开发指标。因此，需要把编制分为法定规划和非法定规划，编制机构分为主要技术创作特征的外部层次和面向管理的内部层次（王世福，2003）。而大都市区域内的城市编制需要根据大都市空间结构的特殊性、城市发展与建设管理的实际需要，对原有的一般规划编制体系进行适当的补充和调整，需要正确把握多中心区域管理主体与多中心空间结构体系的关系（冯雨峰，2002）。

落实公众参与和专家决策的咨询制度。公众参与强调公众对城市规划编制、管理过程的参与、决策和管理，可以提高编制水平，共同监督规划的实施。通过公众参与制度，进而建立起规划编制的公示制、公布制、公开查阅制和听证制，以建立城市规划政务公开制度体系。同时，在政府决策前引入专家技术咨询，对规划进行技术评价，更有利于决策的民主化、科学化（张晓洪，2004）。

2）建设复合型规划编制队伍，转变思维观念，提高规划部门自身认识。城市规划问题的解决需引入多学科，这就要求城市规划的编制者必须具备多方面的素质。城市规划编制的过程实质上是一个技术立法的过程，编制者不仅需要具有良好的专业技能和业务素质，同时也应具有良好的政治素质，了解宏观经济政策，熟知经济发展态势，具有社会和经济学修养，并应对规划对象有透彻的认识。规划编制人员要从一个纯粹的规划技术人才向以规划专业知识为基础，具备良好政治经济素质的复合型人才转变（张晓洪，2004）。

更为重要的是，城市规划编制者应该清楚城市规划编制的目的就是为了规划实施，只有落实到实践中，才能真正实现自身价值。明确规划编制的任务还包括建立实际的行动纲领；城市规划管理者也应当清楚，规划的实施就是要贯彻法定的规划文本，在进行调整时也应该按照法定的程序进行，管理部门无权随意修改规划内容（孙施文，2001）。另一方面，市场经济下，规划的编制者应该对人的市场行为有所了解，进而编制比较合理的规划；而政府的目标是设计一种机制，满足个体理性的前提下，达到政府的预期目标，而不是否认或者压制个体理性（杨钢桥，2000）。

3）正确认识城市规划的法律地位，增强法律意识。《城乡规划法》和国务院《关于加强城乡规划监督管理的通知》的颁布及有关法律法规的实施，已经确立了规划的法律地位。规划一经批准就具备强制约束力，具有不可逆性，是城市建设必须依据的蓝本，并贯穿于城市建设活动的全过程。要搞好《城乡规划法》的宣传工作，严格依法办事，强化规划的严肃性和权威性，树立规划是法的观念，充分发挥城市规划的指导作用和规范作用，使城市规划顺利实施，特别是要加大其在领导层中的宣传力度，让领导带头遵法守法，杜绝"以权代法"、"以权压法"的行为，为规划的实施创造良好的管理环境（张晓洪，2004）。

4）构建编制与实施管理的新型互动机制。国内学者早在 1989 年就从纵横两个方面分析了城市规划编制、管理与实施的相互平行、相互制约关系，基于三者之间的反馈关系，提出建立三者的新型关系。急剧变化的规划背景通过最为敏感的规划管理和实施的反馈强烈要求在规划编制、管理、实施之间建立相应的关系和有机的联系，使三者与规划背景处于一个动态的统一过程中，并在此前提下改进城市规划编制的程序、方法和手段（殷毅，2000）。

具体可以从三个方面入手：①转换经营机制，倡导风险规划。其中规划编制者、评审者、决策者和实施者作为分配主体共同承担风险、共同受益，编制区域风险发展规划。同时建立健全相关法律保障等，促进风险规划顺利施行。②提高规划实施效果，主要的途径就是建立并运行规划编制与实施全过程控制系统、规划实施方案决策系统、规划实施监控预警系统、规划实施 回诊自检系统和微调规划方案纠错系统与报废规划方案置换系统。③推进城市规划决策机制的构建和完善，即通过一系列制度化的措施来实现以准立法决策、实施决策、监督决策分离与联动为标志的城市规划决策权力的转移和制衡，减少和避免城市规划编制和实施管理决策失误（雷翔，2001）。

5）应用现代科技手段，合理评价城市规划效用。采用 3S 技术（GPS、GIS、RS）和计算机技术建立土地利用总体规划信息系统，通过输入各种规划信息完成规划编制和实施管理（白晓东，2001）。应用 GIS 信息技术可较好地支持分布协作的群体活动，有效地增强土地利用结构优化辅助决策能力（李江等，2004）。另外，为了更好地实现城市规划管理的智能化效果，需要构建一套实用性强、功能完备的城市规划管理信息系统以及支撑该系统良好运行的测评指标体系和测评方法（王娜，2006）。

6）借鉴经验，另辟蹊径。国内学者以研究欧美城市规划为主，包括城市规划法规体系、编制体系和审批体系等。其中赵民教授借鉴英国城乡规划的范例，从行政、财政、法律、经济和社会 5 种机制论述了城市规划机制，指出在我国城市规划管理体系中引入"规划指引"的必要性，并探讨了"规划指引"在规划体系中的地位、作用、类别以及制定主体等问题。曹传新从"一个综合部门一条主线、两个思想、三个目标、四个结合、五个理念"细述了美国城市规划机制。美国城市规划编制过程中充分体现了经营和管理的思想，主要体现在安全原则、健康原则和经济原则，有很强的操作性。无论从思维模式、运作机制还是规划编制、实施管理、规划监督等方面都对我国城市规划发展具有借鉴和启示作用。盛鸣（2006）通过对维也纳城市发展战略规划内容与过程的分析研究，提出"混合扫描"的折中混合规划方式以及强调规划过程沟通、联络、协商和协调的联络性规划理念都应贯穿于整个规划过程中。现实中也广泛吸收国外规划成果，如深圳、香港成功引入英国区划法则；公众参与在国内形成共识并有所加强等，体现国外城市规划对我国城市规划的积极推动作用。

然而，尽管对于这种规划编制与实施管理之间的非整合性问题有了多角度的研究，并提出了各种解决方案，但是，当前这一问题仍然被反复提及，恰恰从侧面反映出问题还远没有得到解决。事实上，正因为城市规划与各种社会元素休戚相关，规划编制与实施管理的关联性问题是不可能依靠城市规划体制的完善就可以规避的，同样，仅仅依靠外部环境的变化也不足以解决问题。当然，规划从业人员的素质正在逐渐提高，但是要面对的对象也越来越复杂，前进中的问题需要更加快速地发展才能解决。另外，国外城市规划的成功经验是在其依托的社会环境中逐步累积起来的，生搬硬套不难，难的是符合中国国情，需要搞清楚哪些该借鉴，该怎么借鉴。

因此，虽然国内学者对城市规划编制与实施管理之间关联性不足的问题，理论上已经有一定的认识，但是由于缺乏对"整合"具体内涵的认识，未能系统全面地综合考虑，并且现有部分研究过于抽象化、原则化，而没有转化为可操作的应用性理论，从而不能提出具体、可操作的解决方案，对实践的指导作用也不能充分体现。另一方面，我们处于一个规划编制与实施管理不整合的客观现实，这也决定了对我国城市规划从编制到实施管理等各个方面特征和机制都非常熟悉的研究者相对缺乏，从而也就只能比较多地从理论层面进行相对理想化的方案设计。

为此，本书从城市规划的各个方面、各个层次进行系统探求，在努力注重理论基础的同时，主要论点和解决方案首先来自于对从事规划编制和管理实践不同角色工作的反复思考和总结，探求适合中国国情的城市规划编制与实施管理整合策略。

1.2 全书架构与研究方法

循着认识问题、分析原因、寻求解决的路线，本书首先全面理解我国规划编制与实施管理之间的非整合性及其原因（第 2 章），然后以我国建设用地的无序增长为例，分析这一特征的危害所在（第 3 章）。第 4 章将结合问题的性质，广泛分析国内外相关理论与实践案例，为探求解决方案提供借鉴。综合国内外理论和经验的启示，第 5 章将从系统论、协同论等一般理论基础出发，构建整合的城市规划编制与实施管理理论框架，第 6 章以南京为例，从实践的角度检验和应用本书所总结的理论。

在研究方法上，本书以由概念、逻辑或现有理论出发的理论演绎为基础，然后尽可能充分地以经验案例或情境作为检验和发展理论认识的参照，通过分析、归纳，形成最后的结论。在概念、理论方面，"整合"是整个研究的起点，本书对此作了界定。如何实现整合，本书着重借鉴了系统论、协同论等理念，并吸收了精明增长管理的有关思想，以此为基础进行了城市规划编制与实施管理整合理论的总体构建。

在经验案例和情境方面，本书所考察的问题和提出的针对中国城市规划的一般特征，限于作者能力、条件和时间，检查和求证不可能面向全国。因此，本书在可行的情况下运用了一些全国性数据、资料，但案例的主体来自于一些城市真实的规划实践，尽管在文中很多情况下以"某城市"这样的称谓代替。鉴于中国体制自上而下的高度统一性，因此这种对案例的运用在很多情况下并不影响结论的普遍适用性。但是另一方面，我国经济社会发展仍然有着很大的差异性，这可能影响部分相关内容的适用范围。当然，这种情况下的案例运用仍然会有相当程度的普适性，因为任何一种特殊情况也必然具备一定的区域代表性。

第 2 章　我国城市规划编制与实施管理的非整合性及其原因

2.1　整合的内涵

　　尽管"整合"几乎已经成为人们的日常用语，但是要从严格意义上评估我国城市规划编制与实施管理之间处于一种非整合状态，我们还是有必要对这一概念作一个确切的定义。

　　首先，既然是整合，实际上就已经认可了存在不同的事物，所以规划编制与实施管理作为城市规划过程中的两个阶段或者说是城市规划的一种"二元性"并没有什么问题，我们所关切的是这"二元"之间的"关系"。

　　那么，怎样的关系叫作"整合"？整合作为一种关系的状态（作为动词则意味着"致力于到达这种状态的'动作'"），其一般含义并不能唯一地确定，而是一个两端之间的范围或"域"：一端是不同东西之间毫无交集、完全不相关（"彻底非整合"），另一端是不同的东西变成了一个（也可以称为"彻底整合"）。在这两端之间，不同东西彼此协调或依赖性质的关系、趋向于"一体化"方向的关系，达到了一个比较高的状态时，人们将之统称为处于整合状态，整合的动作其含义就是加强这种关系；相应地，从毫无交集、完全不相关，到不同东西间具备一定协调或依赖性质的关系，但没有达到整合的"门槛"，更多地体现为冲突或不相关的状态就被统称为"非整合"状态。

　　在理解了整合的内涵之后，我们可以进一步理解评估整合的方法：对整合或非整合的评估是定性的和相对的。因为，除了两端，整合与非整合其实是基于"程度"的相对概念。而且，代表整合内涵的"协调"或"冲突"等概念同样也是程度性的、相对的，这进一步使得对整合的相对程度——比如某种状态比另一种状态更整合——一般也难以精确界定，尤其是设想整合与非整合程度接近的两个点。这意味着，要想精确界定整合与非整合之间的"门槛"几乎不可能。但是尽管如此，就像常识告诉我们的，对于整合这样一个相对性、程度性概念的运用有其重要价值，对它的运用可以是有效的。这里的关键应该是大方向的确定性，即人们能够从大方向上（包括相对性程度差距比较大的时候）明确判断整合度是提高了还是下降了，也常常能够判断不同因素的作用是促进还是削弱整合度。

2.2 我国城市规划编制与实施管理的非整合性

基于上节的定义，我们可以发现我国城市规划编制与实施管理之间远远没有达到彼此应有的互为依托、协调运作的状态，而基本是关联性很小的两个独立机制和过程。考察我国城市规划编制与实施管理的实际行为过程，人们无法从中发现两者之间的充分协调与配合。图2-1归纳了当前我国城市规划编制与实施管理的具体行为过程。

图2-1左侧为城市规划编制程序，右侧为规划实施管理程序。我们不难发现，左右两部分之间互动性较少，像有一堵看不见的墙，凸现了两个过程的相对独立性。规划编制过程结束、成果出来之后，几乎就完全成为实施管理部门的工作了。不仅如此，实施过程中当需要对规划调整时，也常常不能按照"提出调整申请→同意申请→调整规划→批准→应用"的程序去办理，一般只是简单地告知或自行决策，很难协同运作。

现行规划编制与规划实施管理的运作程序，各个城市虽然不尽相同，但大同小异，图2-2是某省会城市规划局机构设置，图2-3为其对外公布的建设项目规划管理程序。

这套机构设置和运行程序在当时是符合该市实际情况的，并取得了巨大成效，但是随着社会经济的飞速发展，从整合城市规划编制与实施管理的角度出发，暴露出一些问题。建设项目的规划管理本应同时包括规划编制管理和实施管理两个环节，但图2-3中根本

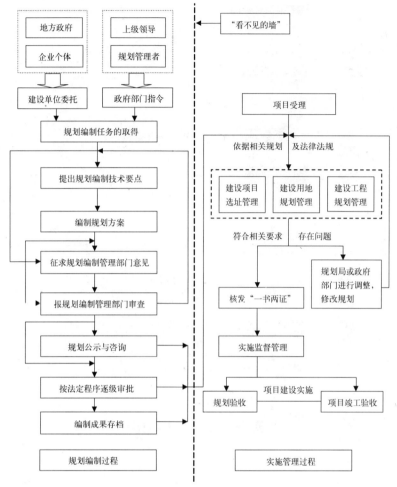

图 2-1　规划编制与规划实施管理的运作程序

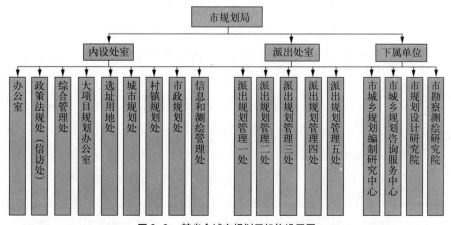

图 2-2　某省会城市规划局机构设置图

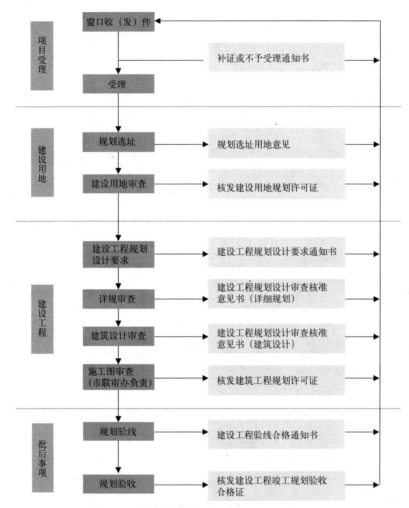

图 2-3 某省会城市规划局建设项目办理流程图

没有建设项目规划编制管理的环节，建设项目的规划编制管理被排斥在规划管理范畴之外。事实上，在具体操作层面，综合管理处负责建设项目报批的受理、"一书两证"及规划核准函件的核发以及部分重大建设工程的规划审查、审批工作。选址用地处及市政规划处则分别负责建设项目的规划选址和建设用地规划管理工作和全市道路交通和市政基础设施工程的选址、建设用地、建设工程的规划管理工作。村镇规划处则负责规划区范围内中心城外城镇和村居的规划管理工作并对各县(市)城乡规划进行行业指导。而省市重点工程、大型建设项目、重要公共设施的用地选址、规划编制审批、建设工程规划审查审批工作则由大项目规划办公室单独负责。所有这些处室都承担着规划实施管理的职责。城市规划处则负责参与城市总体规划、分区规划、详细规划及有关专项规划和城市设计编制、审查、审批和报批的管理工作。尽管名义上各处室之间应该有很好的协调，实际上，规划处早已为大量基于规划编制自身的逻辑要求进行的各项规划编制工作忙得不可开交，实施管理处室也专注于自身职能范畴的项目审理，两者之间的协调无论从逻辑上还是从精力上都常常流于形式。总之，规划处不从事实施管理工作，而负责贯彻城市规划实施管理的职能处室也没有研究规划编制的职责。直接与规划编制单位或规划编制过程有联系的是不从事实施管理的城市规划处；从事实施管理的相关职能处室又不直接与规划编制单位或规划过程（尤其总体或分区规划）有联系。

除了上述情况，也有相当一批城市规划局将建设项目审批流程细分为建设项目选址、建设用地规划许可和建设工程许可等"一书两证"的申请与核发的审批，以及市政建设项目的行政审批等不同类别的程序。但这个分类审批流程在规划管理体系中依旧没有解决规划项目的实施管理与编制管理的脱节。

两个职能部门或两个系统之间缺乏强有力的"体制性关联"，而只有一些"软约束"，比如要求部门间加强协调，这样的后果包括：

1）在城市规划整体运作过程中人们看不到规划编制管理部门与实施管理部门、规划编制单位与规划实施管理部门的紧密联系，实际运作过程中也没有非常稳定的模式。

2）不可否认，我国城市规划实践中两个环节在各自的运作过程中都体现出较强的各级领导的意志，决策随意的成分较大，这与两个环节之间缺乏有效整合也大有关系，否则，相互之间的支撑和牵制将能够帮助避免很多决策的随意性。

3）从实际的规划编制情况看，指令性任务或由"市规划院"这类规划设计单位承担的任务，与规划局的规划管理部门的沟通次数较多，但与实施管理部门的沟通相对较少。而委托任务或由外地规划编制单位承担的任务与本地规划管理部门的沟通次数都比较少。

4）在编制项目中，未拟订规划编制要点的项目仍然占总项目的比重相当大，这种情况下规划编制人员按照自己的理解和思路去做。而很多规划编制审查由于时间原因和管理人员对规划编制思路、过程不甚了解，往往难以抓住要点，"走过场"的情况不少。不仅如此，拟订规划编制要点的人员主要是规划处的规划编制管理人员，并非规划实施管理人员。

5）规划编制与规划编制管理间、与规划实施管理间的修改调整缺乏有效的机制。与规划不一致的决策（往往根据领导的意见作出），较少的项目是要求先进行规划调整后再予以办理，大多是先决策办理之后，编制人员再去调整图纸，有的连图都不改，心里知道就行了。

从经济社会发展的实践看，规划编制与实施管理之间的非整合性对于一些不切实际、过于理想化的规划成果的产生有很大的关联，并在一定意义上伤害了规划的声誉和权威性，这里试举一例。

某特大城市郊区，在指标经济的重压下，在经营性用地必须通过公开市场取得的情况下，以发展街镇工业且要分别运作为由，提出区内6个街道或乡镇要分别设置一个工业园区（之前，规划局与该区从未有过关于区街工业园设置的沟通与交流），并明确提出了选址意见，请规划局认可并办理建设项目选址意见书。这6个工业园区是零散布局，一个在总体规划的物流用地中，一个在规划的产业用地中，其他4个都在规划的绿地中。规划管理人员严格执行规划，只许可位于产业用地中的选址，其余5个以不能分散布局、且与规划用地性质不符为由予以否定。接下来，规划局受到了来自各方的压力，承受了阻碍经济发展之名，矛盾随之产生。规划局一时难以解脱，孤掌难鸣、十分被动。不得已，召开局业务办公会，从服从发展、退而求次之、现实环境的角度，提出物流用地中的选址予以许可，两个绿地中的选址予以有条件许可（控制建设密度），其余两个选址予以否定。自感力度不够，又专题报告市政府，获得同意后，才通知该区，区里原则接受。

类似情况规划局遇到较多，从中我们同样可以直观地感受到规划编制与实施管理的非整合性：

1）规划编制的成果进入实施管理阶段后，规划局只是"严格"执行，面临困难之后，首先想到的是向上一级政府部门反映，而不是寻求与编制部门的协商；

2）规划编制中确定的绿地，没从实施管理的角度考虑，实行"一刀切"的控制要求，不加分类，反而不能积极地保护绿地；

3）规划编制成果是政府所批，实施却大大走样，规划局不得不借助市政府的权威来实施规划，而地方政府领导缺乏了解规划、尊重规划的意识，城市规划面临着比较困难的外部环境，当然这种外部环境恰恰说明了解决非整合性问题的现实意义。

2.3　非整合性的根源

我国城市规划编制与实施管理之间的非整合性究竟是如何形成的？现有认识大多强调规划体制问题。有待进一步完善的规划体制无疑是重要的原因，但是更深入的分析表明非整合性的根源是系统性的，包括了城市规划自身的体制机制，也涉及外部的法律法规体系，最后，观念则是最本源的因素。

2.3.1　导致非整合性的城市规划体制机制

（1）规划制度

在城市规划的整个过程中，其规划制度的非整合性主要表现在两个方面：一是缺乏整合性制度。没有明确严格的相互参与、融合为一的运行制度。比如：人员交流制度、信息反馈制度、共同编制规划制度、管理协作制度等。二是尽管有涉及整合性的制度，但过于原则，不具备可操作性或没有起到整合的目的。比如：规划编制成果的公示制度，其更多的成分是"展览"和"程序"，对市民所提意见，没有规定一定要采纳或更改。还有规划项目审批制度，大多数的城市都有这样的制度，即集体审查制度，但在实际过程中都已走样，"规划编制照做，规划管理照行"，使得"管理尊重规划，规划指导管理"成为一句空话。

（2）规划管理机制

首先，现行的规划管理体制是以地方分块管理为主的规划管理体制，并不是根据社会主义市场经济的需要建立的，而是从过去的计划经济时代继承下来的。中国许多城市的规划管理过去一直采用分块管理的模式，规划局是市政府的组成部门，以市政府为领导者，当建设与规划有冲突时，只要政府同意（以口头或会议纪要等形式），规划局就要执行。

其次，其他部门的关系。许多城市的规划局、国土局、房产局、建委等是分开设置，相互之间有着很有必须的联系协作，但由于部门利益所致，往往都不愿放弃自己部门的有关规定，不愿承担责任，不愿主动沟通，也造成了许多空子可钻。有的开发商说：我们不担心单个部门，怕的是部门之间相互通气，协调一致。可见部门之间合作机制的好与劣也是保障规划实施的重要条件。

（3）规划操作机制

从决策的层面上看，极少数人是规划的决策者，缺乏集体决策的机制，或者说"集体决策"也是"中心决策"，即少数和某个人的决策行为。而个人的能力水平是有限的，决策的结果必然会有失偏颇，甚至错误。

从决策者的成分上看，绝对是政府部门的公务人员的决策过程，没有真正充分地吸收社会层面和技术层面的人参与决策的过程，这必然使得面向全社会诸层面的城市规划实施难如人意和行之无效。

再次，规划编制与实施管理之间缺乏法定的反馈机制，或有规定但不执行，也是造成规划走样的重要原因。规划局下达或委托编制任务时，是以简单的指令或委托书形式，规划编制单位就靠和规划局的联系加上自己的理解去做规划。2001 年，江南某市开始试行编制前要先取得规划局规划处的编制要点，取得一定的效果。但是有些编制单位还是不事先申请，最后磨嘴皮。另外规划处没有实施管理的职责和实践，其要点也有与管理不协调的地方。编制单位做出初步方案也会征求规划管理人员的意见，但管理人员不很重视，所讲的也是哪块地已发出了，哪块地正在办理等等，很少从规划的角度去评价。自然，编制人员就按照自己的理念去编制，报批。不难看出，编制与管理之间缺乏有效的反馈机制。

（4）规划内容

首先，从规划编制的内容和规划管理的内容上看（见图 2-4），

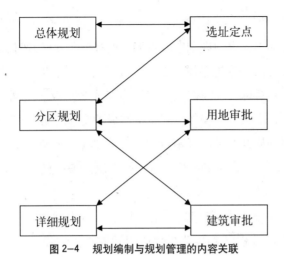

图 2-4　规划编制与规划管理的内容关联

相互间的关联不十分密切，甚至独立的成分较大，很容易造成"左手托编制，右手拿管理"的隔离感。比如规划编制缺少实施性规划（action plan）这个层面的内容；近期建设规划的内容难以指导规划的实施而成为"不得不有"的内容；规划管理的内容可以说绝大部分都是"向前"如何管理云云，却很少有"向后"与编制成果的衔接内容。所完成的规划成果都没有规划如何实施的内容；所完成的规划审批中也很少有规划成果的内容。在内容关联上的弱化导致了规划与实施不能有机结合。

其次，规划管理的科学依据不够。选址管理的依据，在建成区以外或分区规划没有覆盖的区域，主要是以城市总体规划的成果为依据，而城市总体规划与选址管理之间有一定的空白。建设用地管理的依据，在详细规划已覆盖的区域，以详细规划成果为依据；在详细规划未覆盖的区域，以分区规划为依据。根据时间、内容、项目、地段的不同，或者采用分区规划加经验加领导指示的办法予以审批，或者要求作详细规划。建筑工程管理主要依据详细规划，详细规划未覆盖的区域，就依据经验及领导指示办理。

最后，城市规划的内容过于繁杂，面面俱到。以城市总体规划为例：从社会经济发展目标、城镇体系到城市的性质、发展方向；从人口用地规模、功能分区到内外交通、主次干道；从水电气热、消防环卫到环境保护、抗震防灾；从风景文物、园林绿地到旧区改造、郊区集镇；从技术论证、实施建议到近期建设、远景展望，包罗万象，既深又细。使得本层次的规划在城市的发展战略、发展方向、布局结构、交通骨架等方面研究得不够，面对市场经济下需要迫切解决的问题仅点到为止，面对地方政府的需求只能空谈或者把政府的话原封不动搬进去，在实施上又无法操作。同时也造成了编制周期长，审批时间慢，一个总体规划从开始编制到审批完毕，少则1～2年，多则3～4年，这期间城市的情况发生的变化，也只有下次修编调整。

（5）规划方法

在方法手段上重"结果"轻"过程"。城市规划的管理是一项相当复杂的管理过程，尤其是在经济快速发展的时期，在法制和体制不尽完善的时期，更是如此。在规划管理的方法上一定要顺应发展的需要，与时俱进。但在实际的运作实践中，"管理人"更注重结果，更多地采用的是静态管理的方法，被动甚至机械地按照城市规划控制的要求和指标，对建设项目进行管理，如用地性质、容积率及其他外部规划条件（红、绿线等）。有些城市的规划局施行规划审批的周期制，意在考核办事人员的工作成效，提高工作效率。但从另一个方面看，追求最快的结果，必然简化了过程操作，把结果当成一个静态的目标。以规划用地性质为例，确定性的"非此即彼"，对取得结果无疑是高效率的，但却是不尽合理的，是机械的，是达不到规划目的的。另外，"管理人"往往等"经济人"找上门来才去为结果而工作，显得尤为被动。

从方法论的角度看，在均衡、理想的固有概念中，规划编制人员以尽快完成任务为目标，以《编制办法》为框架，以"现状分析→确立目标→规划原则→提出布局规划"的固定模式编制规划，方法上几十年一贯制。殊不知，同样的规划目的，完全可以以不同的规划方法来完成。规划管理人员则以"非此即彼"的简单管理方法，即静态的管理方法，重结果轻过程的方法被动地管理着城市的建设行为，再加上规划编制与管理人员信息、成果共享程度不够，使得这种现象更加严重。

（6）城市规划的技术属性与公共政策属性的潜在冲突

城市规划是专业技术要求较高的行业，但城市规划部门是政府的专业技术部门，城市规划作为一项政府职能，由政府部门组织规划设计单位进行编制。受国家所处发展阶段的限定，我国绝大多数的规划仍是一种精英型规划。过分强调规划的专业技术性，规划方案往往由技术权威或行政权力所决定，在征求意见时主要是倾听领导和专家的意见，忽略了规划的社会性和公众参与的重要性，对受到规划直接影响的普通市民的意见采纳不够。没有整合全社会的力量来关注规划，参与制订规划方案，监督规划实施。

规划编制不管哪种流派、哪个阶段，从大的方面看仍属科学、工程技术领域范畴，都是从长远的、合理的角度提出具有一定理想成分的城市空间增长方案。但其实施过程则是在一个错综复杂的社会系统中运作，其影响因素的时段性、不稳定性、不确定性，使得实施的结果与规划的要求在空间和时序上往往难以一致。

这些年，有些城市开始实行规划公示制，市民参与制等，但是也局限于部分规划编制的公示和批后管理的公示。即规划技术层面和社会层面的协同机制并没有贯穿规划的全过程，有些还是形式主义，这也是现实中国的法治体制、外部环境下的无奈选择。只有物质环境规划与社会环境规划协同一致，城市规划才能摆脱"受抨击、遭两难"的境地。

综上所述，从机制上看，城市规划在编（制）、议（论）、决（策）、实（施）方面实际存在着"四合一"现象。即：编制、决策、管理的"一家言"，四大功能的关系是线形关系，而不是相互制约的网络关系。因此，城市规划中存在着一种"规划异化现象"，那就是规划编制是一回事，规划管理又是一回事。已作出的规划，甚至已法定批准的规划，只要经济发展需要，只要招商引资需要，领导开个会、批个字就可以更改。

2.3.2　非整合性背后的规划法律法规体系

（1）不完善的规划法制系统

《城市规划法》颁布实施 17 年来，取得了巨大成绩，为我国城市发展作出了重要贡献，但是随着国家政治经济体制改革和城市规划工作的发展，已有许多不适应的地方。

1）操作上的缺口。在操作程序方面有相当大的缺口，无章可循，直接影响了《城市规划法》在实践中的直接法律指导作用。在目标模式方面没有体现公共模式、效益模式、发展模式三者的结合统一，造成了单一模式的目标，必然会带来规划实践上的错误。

2）力度上的薄弱。建设部门的法律法规到地方上力度不够，一是因为其法律法规不适应于地方的实际经济运作规则，二是因为地方领导不重视，甚至还不如市政府的文件影响大。规划局就处于两难的境地：既要执行业务主管部门的领导，又要执行市政府的号令。在规划实践中往往是以市政府的意见为准。市政府若是规划违法，规划局是无法抵制和执法的，或者是难以去依法执行的。规划局首先要有法，有执法的法理依据和环境，才能做到使用好权，才能够大胆地实施管理，从而有效地推进城市规划的实施。

（2）国家的及部门的有关法律法规的分离设定

原《城市规划法》的第二章是"城市规划的制定"，明确了规划编制的原则、组织、内容、审批等，第四章是"城市规划的实施"，明确了规划管理的内容、审批程序，第二十九条规定"城市规划区的土地利用和各项建设都必须符合城市规划，服从规划管理"。《城市规划编制办法》基本上着眼于如何编制的规定，仅在第十条明确"编制城市规划应当进行多方案比较和经济技术论证，并广泛征求有关部门和当地居民的意见"；在第十六条十三款中要求规划编制"进行综合技术经济论证，提出规划实施步骤、措施和方法建议"；在第二十二条规定"根据城市规划的深化和管理的需要，一般应当编制控制性详细规划……"。可喜的是，《城乡规划法》对上述问题已经作了很大程度的完善。《建设项目选址规划管理办法》中，也在第一条规定"为了保障建设项目的选址和布局与城市规划密切结合，……制定本办法"。同样的情况，国务院116号令《村庄和集镇规划建设管理条例》，也没有条款规定规划编制和规划实施管理的关系。地方规划法规同样着重编制和管理分别要求的细化。有的城市则在某条中规定"任何单位和个人必须严格按规划管理部门确定的土地性质和界限使用土地；确需改变使用性质或调整界限的必须经规划管理部门核准"。

　　由此可以看出，虽然我国现行城市规划法律法规体系取得了巨大成绩，但是若考虑到城市发展的未来趋势，从整合角度出发，该法律法规体系尚显不足。国家和地方的规划法律法规编制和实施管理分章设置，都没有明确要求编制与实施管理协同运作的规定，都没有规定两者的相互融合交叉操作的程序和具体的内容办法。有时，即便根据地方实际制订的地方法规本身也未能体现出城市规划编制与实施管理的整合关联，以某市城市规划条例为例。

　　第一章　　总则

　　第二章　　城市规划的制定

　　第三章　　新区开发和旧区改建

　　第四章　　建设用地的规划管理

　　第五章　　建设工程的规划管理

　　第六章　　监督与奖惩

　　第七章　　附则

　　第一章　　总则

　　第一条　为了科学、合理地制定城市规划，保障城市规划的实施，根据《中华人民共和国城市规划法》，制定本条例。

　　……

　　第四条　城市规划的编制应依据本市的经济和社会发展规划以及自然环境、资源条件、历史情况、现状特点，统筹兼顾，综合部署。……与城市规划有关的建设工程的立项，必须符合城市规划。

　　第二章　　城市规划的制定

　　第七条　城市规划按总体规划、分区规划和详细规划三个层次编制。

　　……

　　第十四条　各单位应根据城市规划的要求，委托具有相应资格的设计单位编制本单位的总平面布置图，取得市规划管理部门认可后作为规划管理和建设的依据。

第十五条　市人民政府可根据需要对城市总体规划进行局部调整，报市人民代表大会常务委员会、省人民政府和国务院备案；市规划管理部门可根据需要对分区规划进行局部调整，报市人民政府备案；市、县规划管理部门可根据需要对详细规划进行局部调整，报市、县人民政府备案。

城市规划涉及城市性质、规模、发展方向和总体布局等重大变更的，应按规定程序报原批准机关审批。

第三章　新区开发和旧区改建

……

第四章　建设用地的规划管理

……

第二十六条　各项建设工程的选址和用地布局必须符合城市规划。设计任务书报请批准时，必须附有规划管理部门的选址意见书。

第二十七条　市、县规划管理部门对建设用地实施统一规划管理。

市规划管理部门管辖：

（一）市区内的所有建设用地。

（二）国家建设征用或使用县域范围内的菜地、超过三亩的耕地、超过十亩的其他土地，以及临时使用超过二十亩的土地。

县规划管理部门管辖：

（一）国家建设征用或使用县域内不超过三亩的耕地、不超过十亩的其他土地，以及临时使用不超过二十亩的土地。

（二）县域内的乡（镇）村建设用地。

……

第二十九条　建设单位申请建设用地规划许可证的审批程序：

（一）建设单位提交建设项目的有效批准文件和申请定点的书面报告。规划管理部门确定其用地位置，发给定点通知书。

……

第三十三条　任何单位和个人必须服从市、县人民政府根据城市规划作出的调整用地的决定。

......

第五章　建设工程的规划管理

......

第六章　监督与奖惩

......

第七章　附则

......

本条例制定较早，约为 1998 年前后，符合当时的国家要求和地方实际，在当时的城市规划管理过程中起到了非常重要的积极作用，但从更好的整合城市规划编制与实施管理的角度来看，仍有不足之处，如下所述：

1）城市规划的编制与实施管理分章而设，且都是围绕自身的问题予以规定，没有涉及两者的关联。

2）仅在第四条中提到城市规划的编制应依据本市的经济和社会发展规划以及自然环境、资源条件、历史情况、现状特点，统筹兼顾，综合部署。……与城市规划有关的建设工程的立项，必须符合城市规划。在第十四条中提到的各单位应根据城市规划的要求，委托具有相应资格的设计单位编制本单位的总平面布置图，取得市规划管理部门认可后作为规划管理和建设的依据，也只是总平面布置图而已，没有规划编制与实施管理真正相关联的规定。

3）第二十七条中对市区分工的规定，在实践中早已形同虚设，规划局对县的实施管理从没执行过。

4）第十五条虽然规定了规划调整的程序，但在实施管理过程中，没有对局部调整概念的明确界定强制要求，对规划实践的操作指导性不够。

（3）《城市规划编制办法》中对整合要求的空白

1991 年建设部颁布的《城市规划编制办法》，曾经一直作为编制单位和编制人员编制城市规划的"法宝"和必须遵循的规定沿用至 2005 年底，之后由新版《城市规划编制办法》代替。无论哪一个"办法"，对规划编制内容的要求和图件的要求都非常详细具体，从总体规划到分区规划再到详细规划，然而唯独对规划编制要体现规划实施管理的内容规定是空白的。规划编制者为了通过审查，或者是因为多年的思维定式，多比较严格地按照"办法"编制规划，其编制成果几成"八股文"，不仅鲜有特色，最重要的是不能针对具体情况、不能针对规划的实施管理的需求。甚至一些规划单位机械套用"办法"要求，采用大量的复制手法，略加改头换面即完成规划任务，竟然出现在小城镇 A 的规划说明中，出现毫不相干的小城镇 B 的论证。

（4）滞后的规划编制规范

城市规划编制作为一种准立法行为，在操作过程中强调方案制定的依据和程序，这样各种技术规范和编制办法对规划方案的影响至深至广，因为它们是规划方案评审时所需考核的各项技术指标，它们将决定规划的通过与否。这些作为编制依据的技术规范往往都是该规范制定时期的一些经验数值或价值取向。随着社会经济的不断发展，城市建设的需求和标准甚至包括一些价值取向的标准都已发生变化。例如以往的规范是经济越发达，用水量标准越高；而现在随着对可持续发展的日益重视，节约用水的观念越来越被认同，用水越多单价越高的做法已越来越被人接受，经济越发展，用水量的指标却下来了。另外，全国各地的城市之间存在着极大地域差异性，以人均 $100m^2$ 的城市建设用地标准而言，它对不同地域、不同职能和规模的城市意义是大不相同的。但是技术规范却不可能经常改动，这样依据它们编制城市规划时就把这些与城市建设需求先天不合之处也带入方案之中。

尽管认为现行法律法规体系奠定了非整合的规划编制与实施管理二元架构的基础可能是不恰当的，因为观念的形成应该远在正规的法律法规体系建立之前。但这种在实质上"非整合"的法律法规体系使"非整合"得以固化乃至强化。

2.3.3 非整合性背后的观念因素

（1）规划编制与实施主体缺乏市场经济的观念

首先，市场经济条件下，城市发展的动力是自下而上的，多元化的市场主体间自由竞争是城市效率与活力的源泉。尤其是在转型时期，大量的商业性开发在原有"计划型"的城市发展机理上填补着因投资主体缺失而形成的城市功能缺口，并不断地获得经济利益。

其次，市场经济体制下，土地所有权和使用权分离，土地使用者也不是计划经济时代的"终身制"，随时在变化，不同的使用者对土地的使用都有其特殊的要求。也就是说，市场经济意味着更加自由、更加弹性的发展。而我们的规划编制和实施责任主体，没有或者没有充分理解这一客观的发展规律。作为规划编制主体仍在自觉不自觉地固守"规划不可侵犯"的信条，仍沿袭着"固定模式"的规划编制观念，向着预期的理想蓝图努力，而没能理解规划编制要更加满足快速变化的规划管理的"即时性"要求，这是规划编制必备的条件。作为规划实施管理主体，仍保存着"政府权力至上"的观念，认为规划是代表政府行使权力的，可以有足够的能力去控制市场的运行，仍承继着"一张蓝图一支笔"的规划管理观念，以"不变应万变"的"法宝"进行着日复一日的规划工作，往往认为政府调控规划要求并加给土地使用者是唯一正确的方式，认为政府可以配置城市土地空间资源，恰恰没有理解其实施管理行为必须有不断更新的规划编制加以指导，必须相互不断地整合才能完成一个规划过程。

可以看出，市场经济的意识作为整合点，在规划编制与实施责任主体的思想中仍没有生根，我们对市场经济运行特征及规律还没有把握好、把握准。即"我们对市场不甚了解、却想着去控制和调节市场"（孙施文，2001）。

（2）规划编制主体缺乏与规划管理主体协同完成规划编制的观念

首先，规划编制主体没能以实施管理的观念来编制规划。一个规划专业的学生毕业时所接受的规划方案设计方面的训练远多于实施管理方面的教育，至多只是对管理程式的大概了解，他的实习也多是在规划设计院参与做一些方案，仍是以方案编制为主。在实施管理方面，对程式的了解以及对一个城市规划具体实施时的需求的领悟却只能通过日常管理工作的逐步积累才能获取。这样，多数规划编制人员在编制规划时易过分理想化，对规划方案完美性、图案化的追求往往胜过对实际可能性的追求。更多的是以理想地建立一个美好的图景作为出发点，推出近期为实现远景理想目标的规划要求，并把自己的意志强制性地推给管理者、使用者，推给城市。而城市的发展是从现在开始一步一步向未来发展，逐步走向完善的。

其次，规划编制主体没有与实施管理主体主动沟通的意识。由于体制的原因，长期以来城市规划的编制人员和管理人员之间相互流动和沟通并不多。现实中，规划编制人员只在例行的汇报中才能被动地听到少数管理人员的只言片语，且不一定理解。而不是在编制前、编制中主动与规划管理人员沟通、了解需求、了解实施的难易度。认为这不是自己编制份内的事，或者认为不沟通也可以，照样也能通过评审甚至得奖，慢慢造成了不主动沟通的思维定式。

(3) 规划管理主体缺乏与规划编制者协同完成实施管理的意识

1) 规划管理人员缺乏规划长远目光和先进理念。城市规划是对长远发展的筹划和谋略，必须具有一定的前瞻性，否则就会成为排列项目的单纯"计划"。同时规划理念也需要与时俱进，通过不断更新来引导城市走向健康、有序、完美。但在现实中，规划管理人员往往是就事论事，着眼点是怎样用各种现实的手段把在手的事情怎样处理掉，整天陷入重复性的事务之中，认为规划的先进理念是编制人员才应具有的。

2) 规划管理人员缺乏与编制人员平等沟通的意识。规划的过程中，需要编制和管理人员分工协作、共同完成，其地位是平等的。况且，规划管理者的重要职责就是按照批准的规划编制成果去落实、去实施，去贯彻规划编制的意图。但在现实中，规划管理者往往会把自己作为第一线的战斗人员，规划编制者是后勤保障人员，认为自己最有发言权，在规划实施管理中，手握图纸就不需要、不必要与规划编制人员沟通。甚至有的管理人员把规划成果仅当作"自己不想许可的挡箭牌"。

3) 在规划实施管理决策中，面对一宗宗建设用地的具体要求，决策人员更多的是关注城市建设用地增长近期的、局部的、外部的社会经济效益，而对其长远的、整体的、内部的效益关注较少，没有将城市建设用地增长的客观性和规划设计人员的主观判断及管理人员的决策融为一体。

4) 在观念上重"管"轻"理"。管理是一个词，是不可分割的，但城市规划的"管理人"在实施过程中，在观念上往往自觉不自觉地将其割裂开来，着重于"管"，忽视了"理"。表现在：强调了管理的行政权力属性，淡化了引导调控的职能。认为自己有权，有法律法规赋予的职权，无形之中就将自己的决策意志强加于报审主体的行为。其思维定式是"什么可以做"，除此之外就是不可以做的，即不许可的，而以追求经济利益最大化为原则的报审主体（在这里称"经济人"）就采用各种政治、经济的手段去想方设法获取"管理人"的许可，矛盾由此产生并不断激化。

2.4　小结

虽然整合与非整合在一定意义上是相对的，但是我国城市规划编制与实施管理的实际运作过程清晰地表明，二者之间有着很强的相互独立性，缺乏足够、有效的反馈、互动、协调、协作。在某种意义上是同一个行为（或行为系统，即城市规划）分裂为两个相对独立的子行为（或子行为系统）。非整合性的产生不仅仅受到我国城市规划体制的影响，还受更多机制、法律法规体系和观念的支撑。换言之，非整合性的根源是系统性的，其中，实质上"非整合"的法律法规体系使规划编制与实施管理之间的二元割裂得以固化乃至强化，而观念则在更基础、更广泛的意义上阻碍着推动整合的动力。

第3章　非整合性问题检验
——以我国城市建设用地的增长情况为例

　　相信对城市规划稍有了解的人都能够直觉地意识到规划编制与实施管理之间的非整合是一个很大的问题。事实上，一般看来总是先编制规划，再实施规划。但是，我们编制的应该是"能够实施的规划"，在这个意义上，规划师应当对规划如何实施拥有充分的认识，规划实施管理者也应当相应地将相关知识反馈给规划师。而另一方面，城市规划的复杂性在于，规划的对象是一个非常复杂的巨系统——城市。这意味着，其一，规划同样也必然是一个系统、复杂的知识产品；其二，人们大概永远也不可能对规划对象的未来演变做到完全的先知先觉。这两点结合在一起，意味着再好的规划也免不了在实施的过程中有所调整（所以先编制规划再实施规划的路线只具有特定阶段的合理性），而一旦调整，规划本身的系统性、复杂性就决定了这不应该是一个局部的、轻率的改变，与这一系统知识的主创者或非常熟悉、理解这一知识的人的合作是合理稳妥的选择，这对从规划实施管理环节加强与规划编制环节的整合提出了更紧迫的要求。

　　既然非整合性是一个很大的问题，那么它必然会对城市规划实践造成危害性后果。本章就以我国城市建设用地的增长情况为例，对此加以验证。本书城市建设用地的概念是：任何单位和个人需要在城市规划区内进行建设，必须经过城市规划行政主管部门审查批准并核发《建设用地规划许可证》，该类用地称之为城市建设用地。城市建设用地包括规划的建设用地、正在开发的建设用地和已经使用的建设用地（以下简称城建用地）。从国标的用地分类标准看，是除了"水域及其他用地"之外的9大类用地，即居住、公共设施、市政公用、道路广场、对外交通、特殊用地、科研教育、绿地及工业用地。

3.1 反思我国城市建设用地增长情况的一般意义

之所以选择城市建设用地的无序增长情况来检验非整合性的危害性后果，不仅是因为城市建设用地的变迁是城市规划最直接的工作对象，同时还由于城市建设用地对城市发展的巨大意义，如何实现它的合理发展是我国高速城市化时期的重要课题。

3.1.1 城市建设用地已经成为经济与城市发展的重要标志

一个城市经济发展的总量和速度与城建用地的增长呈正比关系，从城建用地的增长可以透析出经济增长的脉律。自改革开放以来，城市经济与社会发展迅猛，城市数量增加很快，城市建设用地相应增加扩展。1981 年、1995 年，全国城乡建设用地分别为 7.92 万 km^2、18.05 万 km^2，年均增长率为 6%；人均城建用地分别为 74.1m^2、101.2m^2，年均增长率为 2.3%。1995 年与 1981 年相比，城建用地总量增加 2.28 倍，人均城建用地增加了 0.36 倍。同期国内生产总值增长了 3.95 倍，人均国内生产总值增加了 2.90 倍（南京地政研究所，1998）。

若从中国城市建成区与城市经济发展的关系分析，1995 年底我国 640 个设市城市建成区用地面积 19264km^2，占全国国土面积的 0.2%，但这些城市形成的 GDP 却占全国的 70% 以上，城市利税占全国利税总额的 80%，可见城建用地的经济价值是任何其他类型的土地无法比拟的。而从中国城市建成区的扩展与 GDP 增长的关系来看（见表 3-1、图 3-1），更能看出城建用地与经济发展息息相关。

再从中国部分特大城市来分析（见表 3-2、图 3-2），其建成区的扩展与 GDP 的增长是呈正比关系的，且建成区的扩展的量与增速和 GDP 增长的量与增速是一致的。可以说，城市建成区的扩展轨迹反映了经济增长的轨迹。

在国家发展的大背景下，1978 年、1990 年、1999 年和 2004 年南京市主城城建用地总量分别为：97km^2、139km^2、167km^2 和 193.56km^2，增加了 2 倍，年均增长率为 2.6%，人均城建用地分

1985～2005 年中国城市建成区与 GDP 增长的关系　　　表 3-1

年份	1985	1990	1995	2000	2001	2002	2003	2004	2005
总人口（万人）	105851	114333	121121	126583	127627	128453	129227	129988	130756
GDP（亿元）	8964	18548	58478	89404	97315	105172	117390	136876	156744
GDP 平均增长速度	1986～1990		1991～1995	1996～2000	2001～2005				
	7.90%		12%	8.30%	12.70%				
城市建成区面积（km²）	9386	12856	19264	22439	24027	2597	28308	30406	32521
增长速度	6.50%		8.50%	3.10%	7.86%				

资料来源：《中国统计年鉴》、《中国城市统计年鉴》、《中国城市建设统计年报》。

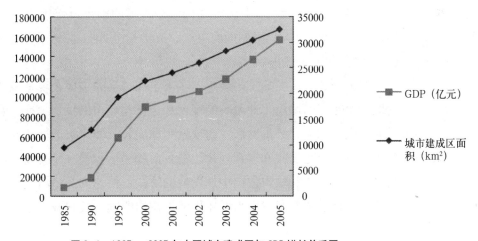

图 3-1　1985～2005 年中国城市建成区与 GDP 增长关系图
资料来源：《中国统计年鉴》、《中国城市统计年鉴》、《中国城市建设统计年报》。

1990～2005 年我国特大城市建成区与 GDP 增长的关系　　　表 3-2

年份 项目 城市	1990		1995		2000		2005		建成区增长率（%）	GDP增长率（%）
	建成区面积（km²）	GDP（亿元）	建成区面积（km²）	GDP（亿元）	建成区面积（km²）	GDP（亿元）	建成区面积（km²）	GDP（亿元）		
北京	397	500	476	1395	490	2479	1200	6886	7.65	19
天津	334	311	359	921	386	1639	530	3698	3.13	18
上海	249	757	390	2463	560	4551	820	9154	8.27	18
广州	187	320	259	1253		2376	735	5154	9.55	20
重庆	86		184	743	324	1599	583	3070	14.20	15

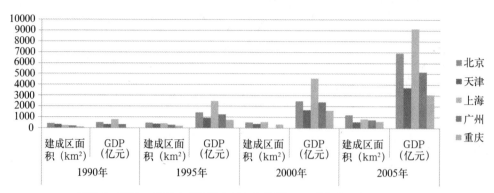

图 3-2　1990 ~ 2005 年我国特大城市建成区与 GDP 增长关系图
资料来源：《中国统计年鉴》、《中国城市统计年鉴》、《中国城市建设统计年报》。

别为：$86m^2$、$76.8m^2$、$64.65m^2$ 和 $65.39m^2$（同期人口变化为 113、181、258、296 万人）同期国内生产总值增长至 2411 亿元，增长了近 50 倍，如图 3-3 所示。

综上所述，过去的二十多年，城市空间拓展的主要表现是城建用地的增长，而城建用地增长的规模和速度与城市的投资力度、发展速度密切相关，经济发展拉动城建用地增长、城建用地增长反作用于经济发展是现实和客观规律。在目前和今后相当一段时间，我国将完成工业化和城市化向中期发展的阶段，快速的经济增长、快速的城市化进程，必然带来城建用地规模的继续增长和城建用地空

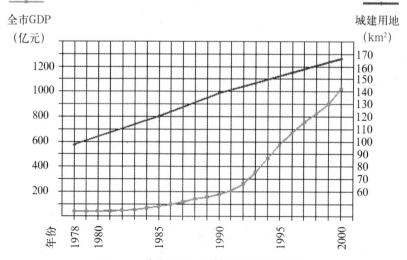

图 3-3　南京市 GDP 增长与城建用地扩展图

间的扩大。所以研究城建用地的增长机制与规律是适应新世纪我国经济社会发展与城市合理发展相互协调的需要。

3.1.2　城市建设用地的合理开发利用是提高经营城市水平的关键

首先，城建用地是城市的最大资源。土地是城市存在和发展的基础，是一切社会经济活动的载体。土地负载万物，土地又化育万物。土地，特别是城建用地是城市规划调控的重要手段和资源，是城市政府可支配的最大的国有资产。我国幅员辽阔，人口众多，土地总面积 220 亿亩，适宜开发为农田、人工牧场和经济林地的约为 5.5 亿亩。土地具有资源和资产的两重性，1990 年全国土地资产价值 15 万亿元，现在已达 25 万亿元以上。杭州市人均城建用地为 90.26m²，同类条件下的日本大阪为 81m²，东京 76m²，未来十年城市建设用地的需求在 5.5 万亩（Planning of TOKYO，1996），仅青岛市过去五年间（2000 ~ 2004 年）扩展了 3500hm² 的建设用地。南京市 2002 年的可出让土地评估价值约为 1100 亿元，是市政府可以运作调控的最大资产和手段。

工业化、信息化把一个国家的国土划分为工业经济、信息经济集中的空间—城市，农业经济、自然保全的空间—农村，这样两大空间。前者的空间经济效益要远远大于后者，现代化的国家增长极在城市空间，主要体现在城市建设用地上，也就是说城建用地是城市的最大资源。

其次，经营城建用地是实施经营城市战略的重要支撑，管子言"地者，政之本也。故地可以正政也。地不平调和，则政不可正也。政不正则事不可理也"，其道理放在当今就是：土地乃是一切社会经济活动的载体，只有经营管理好土地，特别是建设用地，实现土地资产的价值和可持续性，城市政府才能更好地履行建设和管理城市的职能，才能为城市发展提供更为合理的空间和更为雄厚的物质基础（鹿心社，2002）。

所谓经营城市就是要以城市发展、社会进步、提高人民物质文化生活水平、提升城市综合竞争力为目标，把市场经济中的经营意识、经营机制、经营主体、经营方式等多种要素引入城市建设，全面归集和盘活资产，促进城市资产重新配置和优化组合，通过市场机制对城市中的自然生成资本（土地资本）、人力作用资本和其他相关的延伸资本实行积聚、重组和运营，做到既要建设更要经营、既重投入更重收益，做到以城养城、以城建城。作为城市资源的重要组成部分，经营城市的首要任务就是必须搞好城市国有土地，特别是城市建设用地的资本运营，即在市场经济条件下，围绕城市经营战略，政府以土地所有者代表的身份用经营手段运作土地资本，从而实现整个城市社会经济的协调发展和土地资本效益的最大化（林坚，1999）。

自 1990 年联邦德国与民主德国签署《统一条约》后，其土地面积增加了 1/3，联邦政府投入 1.5 万亿马克，主要通过土地的运作，基础设施的建设，10 年后东部地区的人均劳动生产率和工资水平已达到西部的 80%（Report on Urban development Frankfurt, 1995）。

杭州市仅 2003 年上半年就完成招标出让地块 9 幅，面积 4.69 万 m^2，收取土地出让金 5.77 亿元，比招标底价高 15 亿元。青岛市对具备条件的工业、公用设施等用地实行了招拍挂，截止到 2005 年，已对 15 宗工业（仓储）用地实施招拍挂出让，出让面积 429.72 亩，土地出让总价款 1.62 亿元；对 1 宗公用设施用地（老年康复健身中心）实施招拍挂出让，出让面积 6 亩，土地出让总价款 1361 万元。

3.2 我国城市建设用地的无序增长现象

3.2.1 总量增长失控

有关数据显示，我国最近十余年城建用地高速增长，但是这种增长在速度和区位上远远突破原有规划，而这种增长的背后是实际建设容积率的大幅下降，乃至部分用地其实是"寅吃卯粮"、"圈而不用"。例如：2000 年，全国已建在建的 141 座人造游览景点占地总面积达 24.8 万亩，平均每座景点占地 1760 亩。2004 年 8 月，清理出各类开发区 6866 个，规划面积 3.86 万 km^2。其中，国务院批准设立的开发区 171 个，省级政府批准设立的开发区 1094 个，其余的

5601 个开发区都是市、县、乡政府和各级部门设立的。经过清理整顿，全国的开发区数量已经减少到 2053 个，核减了约 4800 个，规划面积压缩到 1.37 万 km²。开发区核减数量占原有开发区总数的70.1%；压缩的规划面积占原有规划面积的 64.5%。已退出开发区土地 2617km²，复耕 1324km²，收回闲置土地 116.5km²，可见其失控已到了何等程度。

在国家发展的大背景下，作为国家经济活动集聚空间的城市，尤其是那些承担区域中心职能的特大城市，其经济发展速度与城建用地扩展的速度同样更是惊人的，全国设市城市城建用地 2004 年比1989 年增长近三倍，年均增长近 7%，如表 3-3 所示。

这种速度几乎出乎所有人的意料，仅从全国房地产开发的角度看，用地供应的盲目，城建用地的"非规划扩张"，盲目的新一轮"圈地热"，土地使用的规划失控，直接导致了城市用地结构的不平衡和房地产开发的结构性缺陷，一方面是城市居住用地紧张，面向中低收入家庭的经济适用房严重短缺，另一方面却是大量的商品房空

全国设市城市建设用地情况一览表　　　　　　　　　表 3-3

年份	城市数量（个）	城市建设用地（km²）	城市非农业人口（万）	人均建设用地（m²）
1989	450	11171	14377	77.70049384
1990	467	12856	14752	87.14750542
1991	479	12908	14921	86.50894712
1992	517	13918	15460	90.02587322
1993	570	15430	16550	93.2326284
1994	622	20796	17666	117.7176497
1995	640	22064	18490	119.3293672
1996	666	19002	18883	100.6301965
1997	668	19505	19470	100.1797637
1998	668	20508	19862	103.2524418
1999	667	21525	20161	106.7655374
2000	663	22439	20952	107.0971745
2001	662	24027	21545	111.5200743
2002	660	25973	22060	117.7379873
2003	660	28308	22977	117.5142181
2004	661	30406	24089	126.2235875

资料来源：《中国城市统计年鉴》。

置（高中岗，2000）。国家统计局最新数据显示，截至 2005 年 10 月末，全国商品房空置面积 1.12 亿 m^2，其中商品住宅空置面积 6204 万 m^2，商业地产空置面积上半年达 2878 万 m^2；目前全国空置率已达到 26%，大大超过国际公认的 10% 的警戒线。同时也可以看出一些偶然的事件的发生对其产生很大的影响。如 1989 年，江南某市全年批报的城建用地为 249.8 hm^2，而在六月份报批的用地只有两宗，共 0.6 hm^2，远低于其他月份的数十公顷；再如 1992 年在全国范围内出现的"开发区热"、"房地产热"，造成了城建用地量峰值的蔓延。

除了规划编制时的种种原因外，实施管理中的一些因素也使得对建设用地需求的控制难以进行。现在社会衡量一个城市是否有效的发展，似乎仅在于经济发展的速度和量值。而经济量值的增长，似乎又依赖于立即取得一个"成熟"的空间。那么只有在基础设施和公共设施相对完善的区域发展，或者在"成熟"空间紧邻的空间发展。否则就会丧失经济发展的机遇，就会带来现阶段经济上巨大的损失，就会带来许多社会矛盾，从这么一个高的角度，城市的用地空间就只能毫不犹豫，少有选择的供给。虽然从城市规划的角度已表现出一定的问题，将来发展更难说其有合理性，但除了适应，更多的是无奈。

发展才是硬道理，城市规划是为城市的发展建设服务的，是为合理引导城市的发展和建设而编制，当经济发展已超过规划时的预测或者说当城市规划已制约了城市经济的发展（而不是限制经济发展中的盲目用地需求）时，规划实施管理中的"网开一面或高抬贵手"，虽不合法但却是合情合理的。

这就使得规划中那些控制开发的地域，诸如绿环、绿楔之类在远离现状建成区时尚能在图纸上出现，一旦与连片建成区接壤便难以逃脱开发建设的侵入。

另一类突出的表现是城市规划规模盲目制定。在盲目追求规模的风气下，也许是因为对 20 世纪 80 年代严格控制城市规模的补偿，20 世纪 90 年代以来，尤其是 1992 年以后开发区热的大潮中，对经济发展的盲目乐观。也许是对城市规划实施管理的尊重，也许是想从上级政府手中争取更多的城建用地指标，为了不让自己编制的规划上的用地量束缚住自己的手脚，地方政府在制定各种规划时对于城市的人口规模和用地规模脱离实际、盲目求大，使得实际管理中城建用地远小于预期目标，规划城市结构难以形成。

以珠海市为例，将 1998 年用地实际值与 1992 年总体规划的预期的用地值相比较，在全市范围内 1998 年用地实际值为规划预期值的 72.9%；在地区层面中部地区和西区东翼实际用地为预期值的 86.6% 和 75.1%，西区西翼为 34.1%；在组团层面，一组团实际发展超出了预期值，中心城区和另一组团达到了预期值的 80% 以上，而剩余两组团仅为预期值的 13.9% 和 10.9%。

珠海市 1998 年空置土地状况（单位：hm²）　　　　表 3-4

	中心城区	北区	南区	西区	市区合计	斗门	合计
A 类：已平整、已出让（划拨）用地	812	548	840	717	2917	1098	4015
B 类：未平整、已出让（划拨）用地	314	588	0	193	1095	0	1095
C 类：已平整、未出让（划拨）用地	690	156	812	690	2348	236	2584
合　计	1816	1293	1652	1600	6360	1334	7694

资料来源：珠海市城市总体规划（2001～2020 年）纲要总说明书。

当城市飞速发展，城市规划实施管理面对快速发展的社会经济形势时，出现了土地空置与建设用地侵占绿色空间的现象：

1998 年市区已出让（划拨）未实际开发的土地达 40km²，同期建设用地总量为 86km²，即使在中心城区 12km² 的已出让未开发的土地存量与现状 36km² 城建用地相比也是一个很大的比例。这还不算那些已平整，未实际开发但由政府部门掌握的土地，如将这也算上，该市各片区土地空置率均高于 0.5。

3.2.2　功能转换无序

城市发展过程中，在城建用地总量不断增加的同时，城建用地的性质也发生着变化，而且城市经济发展越迅速，城建用地性质的转变也就越频繁。

图 3-4 珠海市总体规划图[1]

（1）以加速城市化的名义侵蚀非城市建设用地

城市化是一个农业人口转化为非农人口、农村地域转化为城市地域的社会经济空间过程，诺瑟姆（Northam）把一个国家和地区的城市化进程概括为一条稍被拉平的 S 型曲线，并把城市化进程分为三个阶段，即城市化较低发展较慢的初期阶段、中期的城市化加

注：①书中所有规划图纸均在文前附有彩图。

速阶段和进入高速城市化以后的城市化进程趋缓甚至停滞的后期。同时，他还认为城市化水平和经济发展水平是一种粗略的线性关系，经济发展水平越高，城镇化水平越高。

中国已经进入城市化快速发展时期，人们也认识到城市化不仅是经济发展的产物，本身也是推动经济发展的动力。斯蒂格利茨曾指出"美国的高科技和中国的城市化是 21 世纪推动世界经济发展的两大动力"。国家的"十五"计划提出加快实施城镇化战略，认为城市化是推动我国城乡发展的重要举措，"是文明的演变过程，是经济生活空间的转移，是国民经济增长方式的转变，是生活模式的变化……"（中国城市化论坛 2001 年），其水平体现了一个国家的现代化转变。

但在地方部门的执行过程中，有所曲解，特别是在县镇，更为明显，片面地理解为仅是农业人口转为非农人口的数量增加，将农业用地转为非农用地的量的增加。从小城镇大战略的角度，从大力发展乡镇工业的角度，对用地空间和性质提出了必需满足的条件。使得大量的农业用地，甚至生态绿地转变为工业、居住、游乐用地和其他建设用地。政府（或规划）可以调控的空间资源越来越高，引导和实施合理的空间发展战略的力度越来越小。

如此快速的城市化使得城市在十几年内的城建用地增加量超过了以往数百年甚至上千年城市建区的面积。这种做法属于片面追求城市化的数量，实质上城市化的质量更为重要。农村人口变为城镇人口，农业用地变为城镇用地这只是城市化在物质形态上最直接的表现。城市化还应包括经济结构的变化和社会组织结构的变化。这些变化必然带来城市用地功能的分化，使得城建用地的结构发生变化。以南京居住空间的分异为例，城市社会阶层分异现象随着时间推移得以深化，并在城市居住空间上表现出与社会阶层分化相一致的城市空间分异（姚士谋，2001）。

在解放前，南京城市居住空间分异已经出现，但由于解放后中国实行了计划经济体制，市场丧失调控城市经济和社会发展建设的作用，取而代之的是由政府——单位系统控制的城市发展与组织方式，出现了新的城市空间与居住空间组织方式和形式。在这种组织方式中社会成员在职业选择和住宅区位的选择上都局限于单位内部调配或系统内变化。从这个层面看，这时期的居住空间可以认为是均质的。而改革开放以后，由于市场经济的调节作用，城市居住用地也就发生了分化。新建住宅由原来相对单一的单位住宅分化成高级别墅区、高档公寓区、中高档公寓区、中档居住区、廉价经济住宅区等几类，同时在空间上也出现了分异（吴启焰，1999）。

（2）经济利益驱动下的无序开发

现有的城市土地使用中既有大量的计划体制下的无偿划拨用地，也有通过出让方式获得的有偿土地。但由于城市建设过程中房地产过热，加之土地市场发育不健全，市场调节固有的自发性、盲目性和滞后性的缺陷暴露出来。许多城市，特别是大中城市，一方面道路广场、公共绿地等基础和公共设施严重不足；另一方面规划所确定的这些建设用地在规划实施中又难以控制，个体利益与城市整体利益的矛盾日益突出。从全国出让的土地情况看，2004 年底国家取消土地协议出让以前，协议出让占据很大部分，且大部分是房地产开发。开发者认为出让就是为了得钱，用地管理者则误认为收了钱就等于出让了土地。忽视了建设用地使用的规划条件，忽视了谁更适合使用建设用地的问题，忽视了规划对土地出让到使用的全过程的分析研究和跟踪国有土地有偿使用制度实施以来，特别是随着市场经济的越来越深化，城市空间作为一种城市化的稀缺资源总是会被其使用者用以追逐经济回报。经济大潮浩浩荡荡，很快那些象牙塔中的大学都纷纷效仿，最具典型意义的便是国内某重点大学的"破墙开店"，是否"破墙开店"甚至成了衡量单位领导思想解放程度的标准之一。十年后，该大学却又拆店建墙，其用地性质自然是重新回归教育用地。

实际上按该校副校长所言，当年的"破墙开店"，如今的"拆店建墙"都有其合理性，其决定因素便是经济效益。在市场上，一块城建用地，其利益点是不断变化的，不同的使用性质，其收益也是不同的，如果听任市场这个"看不见的手"的调控，那么城建用地性质的无序转变那是再自然不过的了，但是市场经济缺陷的一面、不经济的一面早已被理论与实践所证明，完全按照市场经济是不行的。

土地的有偿使用使得地方政府更是片面地追求土地批租收益，造成了本区域的土地批租总量过大，开发建设过于密集，城市配套设施严重匮乏，对土地房产市场和居住环境带来了负面影响，极易导致"寅吃卯粮"的结果。有些地区撤县设区以后，市区两级都可以批地，而新设的区还继续享受以往的土地审批优惠政策，疯狂批地，严重扰乱了土地市场，破坏了城市规划的秩序（北京大学城市与环境学系，2000）。

（3）新城建用地性质的需求加剧了无序扩张

随着社会经济的发展，特别是随着知识经济社会的到来，很多经济行为发生了根本性的变化。例如高新技术产业的出现使得传统的第二产业和第三产业之间的界线模糊了，以至有人提出了"第四产业"的概念。这些新的社会经济活动的主体和行为的出现必然带来新的城建用地性质的需求。同时，随着信息化浪潮的冲击，经济活动对空间的需求也发生了很大变化。由于经济活动区位因子发生变化带来了城市内部现有的土地区位—用地性质之间的组织结构关系的破裂和重组，由于这个现有的组织结构本身还处于从计划经济向市场经济变化的适应过程之中，这就使得表现出来的城市用地性质的转变更加迅速和频繁。

3.2.3　城市空间与结构的无序变化

（1）城市空间发展方向的突破

在将编制的城市规划方案与具体实施一定时段后两者比较，除了用地量的差异以外，还有一种现象也是比较常见的，那就是城市用地的实际扩展方向与规划意图的出入。

从杭州城市形态的演变来看（见图 3-5），杭州古城从最初在灵隐山下定点发展，经过几千年的建设到近代形成了依江傍湖，三面环山一面城的格局，城市的布局形态也由清末时以护城河、城墙为界呈环形团块到民国随着沪杭、浙赣铁路相继通车、陆路交通的日益便捷，城市沿铁路、公路向外扩展城市逐渐呈星楔状，这种格局一直延续到 20 世纪 80 年代中期，此后由于经济的突飞猛进，城市用地需求受行政区划的限制，城市建设不少属于"摊大饼、填空档"，

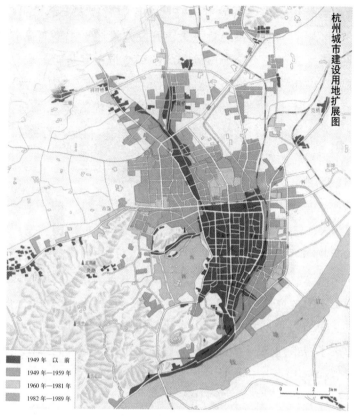

图 3-5　杭州城市扩展图
资料来源：杭州市规划局。

规划的楔形绿地也被填充，城市形态重归团状。

1983 年批准的杭州城市总体规划，城市用地是围绕旧城向北、向东呈指状发展，但实际上随着铁路东线方案的确定，钱塘江二桥的建设，为城市向南发展创造了条件。随着外向型经济的发展，省、市政府在杭城东西开辟了下沙轻化工区，钱塘江南岸的科学城、钱塘江外商台商投资区以及沪杭甬高速公路和钱塘江三桥等的建设，城市已呈明显的向东向南组团式布局的发展态势。

而 2001 年 2 月，经国务院批准，杭州市行政区划作出重大调整，将原萧山、余杭两地撤市设区，纳入杭州市区的行政区范围，杭州市区面积从 683km^2 扩展到 3068km^2。为此，杭州市根据行政区划调整后的情况重新修编了城市总体规划，彻底明确了向东向南发展的设想，回归钱塘江时代（见图 3-6）。

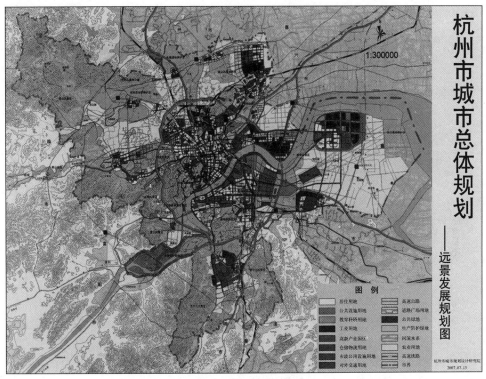

图3-6　杭州市总体规划图

资料来源：杭州市规划局。

（2）城市用地结构的"失衡"

在城市建设过程中，城市建设用地的功能结构与规划要求之间往往会有所偏差。这一方面是由于规划的功能结构是从城市整体的角度提出的，而实施时却是分散为一项项不同性质的用地单元来进行，使得管理中很难把握。另一方面是由于那些有利可图的经营性开发会有建设单位来做，而作为配套的服务设施由于利润很少或回收期很长往往缺乏建设的积极性。

以江南某城市建设为例，比较其1993年总体规划中的2000年近期规划的用地结构与2000年实际的用地结构（见表3-5），可以发现：差别最大的是居住用地，规划面积占总用地的27%，实际却远超此数达到了40%；相反，公共服务设施用地、市政设施用地、绿化用地都低于规划要求。而该市2000年重新编制了城市总体规划，近期城市人口规模（2005年）为170万人，但是2005年该市市区

某市用地结构规划与实施情况对照　　　　　　　　　表 3—5

序号	用地代码	用地名称	现状（1993 年）			近期（2000 年）			现状（2000 年）		
			面积（hm²）	比例（%）	人均（m²）	面积（hm²）	比例（%）	人均（m²）	面积（hm²）	比例（%）	人均（m²）
1	R	居住用地	2140	30.2	24.32	2471	26.86	23.09	3926.74	39.9	32.72
2	C	公共设施用地	1131	15.96	12.85	1369	14.88	12.79	958.02	10.01	8.21
3	M	工业用地	1466	20.69	16.66	2116	23	19.78	2461.47	25.01	20.51
4	W	仓储用地	318	4.49	3.61	440	4.78	4.11	345.59	3.51	2.88
5	T	对外交通用地	344	4.85	3.91	447	4.86	4.18	80.03	0.81	0.67
6	S	道路广场用地	636	8.98	7.23	994	10.81	9.29	1105.81	11.24	9.22
7	U	市政设施用地	242	3.42	2.75	325	3.53	3.04	318.54	3.24	2.65
8	G	绿化用地	660	9.31	7.5	888	9.65	8.3	414.89	4.22	3.46
其中	G1	公共绿地	424	5.98	4.82	628	6.83	5.87	334.58	3.4	2.79
	G2	防护绿地	236	3.33	2.68	260	2.83	2.43	80.31	0.82	0.67
9	D	特殊用地	149	2.1	1.69	149	1.62	1.39	204.13	2.07	1.7
合计		城市建设用地	7086	100	80.52	9199	100	85.97	9842.22	100	82.02

注：1993 年现状人口为 88 万，2000 年近期规划人口为 107 万，2000 年实际人口为 120 万。

实际城市人口数量约为 160 万人。

3.3　非整合性与城市建设用地增长方式的关联性分析

3.3.1　规划编制人员对实际发展过程理解欠缺，导致脱离实际或缺乏足够弹性的规划，其结果是城市建设用地管理的失控

我国目前处于体制转型时期，不管是在经济体制上还是在政治体制上，随着改革的不断深化，总会出现一些以前从未有过的新问题。规划编制缺乏实施运营的市场意识就是问题之一。因为在计划经济时期根本就不存在市场运营，面对这些问题规划界明显准备不足。不管是在规划教育的课程设置上、规划编制的专业要求上还是在规划管理的技术储备上都是如此。

规划编制观念缺乏市场意识，表现在往往认为政府调控规划要求并加给土地使用者是唯一正确的方式，认为政府可以配置城市土地空间资源。殊不知这正与"买方市场、自由竞争、追求个体最大利益"的市场经济建设主体产生严重的冲突，这是不科学的、是不

符合市场经济运行规律的。

也正是这种错误的观念，使得规划师不是以市场、以规划实施作为编制规划的出发点和落脚点，而是以一种自己认为比较理想的观点去编制规划，规划实施操作的难度可想而知，而且多数以规划的妥协和失败而告终。

以南京为例：南京第一部正式的规划文件是 1929 年的《首都计划》，作为民国首都，在城市空间布局方面，采取了以"同心圆式四面平均展开，渐成圆形之势"为理想模式，避免"一部过于繁荣，一部过于凌乱"。1980 年城市总体规划提出了圈层发展的模式，空间布局采取"市—郊—城—乡—镇"的组合形式，以市区作为中心圈层，建立面向全市、大工业、农工贸三个层次的城市服务体系。1990 年城市总体规划提出了都市圈的概念，在市区的周围用绕城公路框定了一个 243km^2 的范围作为主城，将上一版中的城镇群体，变成都市圈中的组团，在市域—都市圈—主城三个层面上，1 个有限度发展的主城和 12 个均衡布局的组团构造了南京未来作为国际性大都市的蓝图，如图 3-7 所示。

1980 年和 1990 年版的总体规划，是为了避免城市"摊大饼"式的蔓延，构造了"结构多元，间隔分布"格局，这无疑是正确的，是引导城市合理发展的重要蓝图。同时"均衡发展"的理念也贯穿

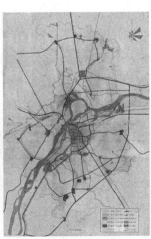

| 1929 年首都计划 | 1980 年版总体规划：
市—郊—城—乡—镇 | 1990 年版总体规划：
主城—都市圈—市域 |

图 3-7　南京市三个时期规划图

其中，追求城市均衡的发展一直是现代城市规划的理念，但是，我们过于理想。若深层次去思考，在创造均衡的过程中，我们是否能够一直保证均衡？南京过去 20 年的发展说明，城市并不总是按照规划师的理想方式在发展。你希望发展的地区发展很慢，而你视野之外的地区却在迅速成长。

一方面，均衡的空间模式并不必然支持一个迅速成长的经济，而迅速成长的经济反而可能打破精心构造的空间均衡；另一方面，缓慢的经济成长虽不可以归因于均衡的空间模式，但均衡的空间模式承纳的却往往是一个成长缓慢的经济。毕竟，理想的空间模式是人们主观思想的表达，而经济成长的事实是客观的存在，它所带来的建设用地增长是难以预料和控制的。完全的均衡发展要基于以下几点：第一，南京的市区和各个组团没有受到区域外力的作用，或来自区域的作用力小到不足以改变它们之间的空间关系；第二，来自区域的作用力尽管大，但是政府具有调控资源、统一行动的强大力量。事实上，主城外围的城镇如六合、板桥、瓜埠、龙潭、大厂、浦口、珠江，这些远离主城的"经济飞地"城镇受区域影响的作用力较大，江宁由于原为县现虽改区但仍行使县的权限，自主空间很大，规划管理一包到底，政府对其的经济调控作用小；新尧地区包括南京经济技术开发区，而开发区的运行机制也是自成一体，以对外招商引资为主要工作；仙西新时区则分属三个区县三个企业管辖，各自为政，相互消耗。其结果事与愿违，着力培育的江北发展较慢，而规划要求的次发展区域—江宁却迅猛发展，与规划严重不符。再则，低速增长的经济现实，也使我们作为规划的发展依据。以人口为例：1990 年到 2000 年城镇人口的增长速度，在主城达到 1.45%，都市圈达到 2.25%，而市域范围增长最慢，只有 2.17%。只有主城的实际速度高于规划。在这个发展速度较慢的阶段，尽管主城以外的快速路系统已经形成，而且专业人士普遍认为南京发展的空间骨架已经拉开，但是事实上人口的空间分布并没有呈现这种格局，城市人口继续保持了向主城集聚的态势，主城仍然是城市活动最为集中的地区（80%以上的流动人口集中在主城）。

因此，均衡的空间模式反映了南京在看待自身与区域发展的关联性问题上过于理想和保守。因为在市场经济的条件下，加之政府权力下放，其强大调控力已经很难做到。因为只有与所在的区域经济发展保持一个相对接近的低速水平，只有同上海以及省内、省外其他重要城市之间维持着过去计划经济时期的关系，只有作为一个省会保持它在经济和政治方面绝对的中心地位，南京才可能按照自己预设的模式来发展自身。应该从观念上认识到我们希望建设均衡发展的城市，希望以理想的模式来规定南京空间的增长，但是，实现的过程必然是非均衡的，增长空间必然是没有按照规划要求去做，即实践的结果必然是无序。(资料来自：中国城市规划设计研究院《南京市城市空间发展战略研究》，2000)

城市规划编制的目的是什么？是为了规划的实施。城市规划编制的成果只有在实践过程中发挥了积极作用，才能体现其自身价值，才算是完成了一个规划过程。这就需要规划编制主体"换位思考"，准确理解发展的实际过程的性质，从规划实施管理的组织机制、运行机制中寻求新的编制方法，这就需要规划编制主体与规划管理主体协同完成规划的编制，这是保证规划编制成果顺利付诸实施的重要前提之一。换句话讲，前道工序是为后道工序提供材料或半产品的，不去主动地了解后道工序的需求、不去沟通，怎么可能生产出为后道工序所用的半产品呢？城市规划编制与实施管理间也是同样的道理。因为实施管理的过程将赋予人们对发展所必须的弹性和应变的深切理解。其实，一个最好的规划不是理论上最科学、最完美的方案（当然也不是一个最容易实施的方案），而是一个将理想和现实结合得最好的方案，应是发展策略与发展目标的统一体，这一点对于规划设计人员的素养而言要求是很高的。然而，在规划实践过程中，规划编制往往过分依据城市以往的发展进行趋势外推或者以远景终极状态来设计现在的方法，会使得城市发展中一时一地的需求在制定规划方案时被放大和强化了，从而削弱了规划引导城市发展的能动性。殊不知，这样非整合的方法，在规划实践中必然会矛盾重重，往往使得规划要求与城市建设用地实际增长的结果不相一致，甚至实施落空，城市建设用地的增长必然是无序的。

比如：某规划院承担了许多小城镇的规划任务，竟采用大量的

> 我国目前所采用的"城市总体规划"——详细规划的规划技术体系，虽然在形式上已经构成了二元的结构体系，但在实践过程中，仍存在着对各阶段规划作用与职能的认识含混、相关政策不配套等规划职能无法得到落实的问题以及所引起的混乱；即总规不总，控规不控。
> ——谭纵波 2001 年

拷贝复制手法,略加改头换面就完成任务。在小城镇 A 的规划说明中,竟然出现大量出现毫不相关的小城镇 B 的论证。中国近十年经济发生巨大变化,市场经济体制正逐步完善,WTO 给了我们更大的国际舞台,融入世界大潮的势头已不可挡,但我们仍在不折不扣地遵循十余年前的规划编制办法,这样的城市规划编制如何为经济建设服务?

还有一个例子:图 3-8 中 A 地块与 B 地块为一个居住组团,规划根据千人指标在路北侧确定了中小学位置。开发商到规划局申请 B 地块的审批,而 B 地块与南边已建小区相邻,且符合分区规划,就予以许可办理。这样,中小学的建设就滞后,B 地块获利大,中小学就靠临近小区,尚未办理建造手续的 A 地块的中小学就很可能落空。后来规划管理部门发现此问题,立即请规划院重新研究,将中小学的位置移到路南侧,保证配套设施的落实。

如果以实施为出发点,将 A、B 两个地块作为一个地块,而将

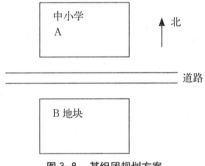

图 3-8　某组团规划方案

中小学在此地块中滚动布置,在具体实施管理过程中,根据实际情况在该地块中灵活安排,事情就会得到有效解决。

3.3.2　实施管理过程中缺乏充分的对城市发展总体规划背景的认识,以及必要的规划编制权限和规划编制能力,导致了实施管理过程不能对发展中临时出现的问题给予恰当应对

由于实施管理人员常常限于具体问题、局部管理事务,没有对规划编制的背景和要求准确理解,没有与规划编制者协同完成实施管理的意识。只注重实施管理本身的事务,甚至有的管理人员把规

划成果仅当作"自己不想许可的挡箭牌"。过分夸大了管理的权限和能力，不能对规划编制给予合理的解释和运用。建设主体（经济人）自然就不能接受，当经济人的目的难以达到之时，他们一是要求权力，自主审批；二是无视法规，先斩后奏，造成事实，结果也只能处罚，大多在处罚之后得到了许可。想管却没管住，规划得不到有效实施，事与愿违。城市建设用地的增长必然表现为无序增长。

由于我国城市规划法制建设相对滞后，城市规划体系尚未纳入法制化轨道，不管是各层次的规划编制成果还是城市规划的法律、法规都不完备，难以覆盖城市规划实施管理工作中所遇到的各种情况，或者由于规划编制时过分强调规划的弹性，这就使得在管理决策中不得不大量采取自由裁量行为，使得决策过程中主观性因素过多，从而降低了决策的严肃性、科学性。

无论是规划部门的管理人员，还是区县政府的决策者，在进行城市规划实施管理的决策过程中，可以进行一些主观判断。这便是行政机关拥有的自由裁量权，是指在法律规定条件下，行政机关根据其合理的判断决定作为或不作为，以及如何作为的权力。行使自由裁量权有这样几种情况：

1）在法律没有规定限制条件的情况下，在不违反宪法和法律的前提下，采取的必要措施。

2）法律只规定了模糊的标准而没有规定明确的范围和方式，可以根据实际情况和对法律的合理解释在不违背常规情况下采取的具体措施。

3）根据法律明确规定的范围、幅度和方式，视具体情况选择采用。

在规划编制过程中，对一个城市空间利用的安排更多地是从整个城市立场和角度去考虑的空间结构、功能分工等问题，对城市下辖区、县的行政界线考虑不多，更少从各区具体的需求出发考虑其地域范围内形成一套自成体系的城市功能组合（其实也无法这么做，否则就不是城市总体规划，而成了区县规划了）。

但在我国当前的行政体制中，经济增长量和属地税收是考核各级政府的重要指标，也是评价区县发展水平的重要指标，这就使得各级政府都希望在自身管辖范围内形成一套结构完整的经济体系。

最常见的例子便是各区县、各街道、乡、镇都要求设立自己的工业园区，这种各级政府都围绕各自政区范围展开建设的思路，必然造成重复建设和建设用地布局不合理的建设需求，同时由于拉动经济的重要性，建设时机的迫切性，又使得各级决策者难以顾及城市长远的建设用地安排，更加造成规划实施中的偏差。

比如，江南某区争取到了自主审批权，规划审批对区领导负责，区领导要快速发展，急功近利，追求指标，结果可想而知，大量的绿地被侵蚀，主城与该区之间的绿化带被建设用地占有，间隔跳跃发展的城市格局不复存在，城市无节制地向南蔓延，以牺牲环境、牺牲资源、牺牲城市的整体和长远利益的快速增长，种下了要后人吃的苦果。一些经济技术开发区、乡镇工业园区，也以发展经济为由获得了类似的权限。

某区与某县合并设立新区，原来区所辖范围没能获得规划审批权，就开始违法审批甚至先建设再说。结果，大量的非城市建设用地被转化为城市建设用地，原规划又成了一纸自我欣赏的图画。这不能仅说成是规划"管理人"的悲哀，而且更是规划体制上的缺憾。抛开其他因素，若仅从"管理人"自身去检讨，我们的管理人员到底对规划编制有多少理解？只有掌握了规划，才能作好规划的梳理引导，才能从"什么可以做"向"什么不可以做"的思维和方法转变，这样"可以做"的范围就会广一些，规划的基本原则就会维护得好一些；进而再向"怎样做的更好"的思维和方法进步，从单一地强调"管"向"管"与"理"并重的观念转变，从单一的行政控制的管理模式，到控制、梳理、引导和调节相结合的城市规划管理模式渐进。

总地来说，在规划实施管理决策中，面对一宗宗建设用地的具体要求，决策人员更多地关注城市建设用地增长近期的、局部的、外部的社会经济效益，而对其远期的、整体的、内部的效益关注较少，没有将城市建设用地增长的客观性和规划设计人员的主观判断及管理人员的决策融为一体。

3.3.3 规划管理机制的缺陷导致了不能保证规划编制的有效实施

城市规划实施管理中的行为主体一般可分为三大类，即政府、开发者、民众。其中开发者是通过开发项目来获得利益，民众希望在城市建设中享有公平，而政府则希望通过协调管理来达到效益和公平、近期与长远的兼顾。

但在城市规划实施管理中，作为决策主体的政府又可以分为三类：市级及市级以上政府机构、市级城市规划主管部门、区县及其以下政府机构，他们都想在各自的权限范围内行使"自我判断是正确的"管理决策权。由于各级政府有着各自的利益基础，因此他们在进行规划决策时，或多或少地会表现出一种经济人的角色，会追求各自利益的最大化，在发生利益冲突时，往往使得城市规划建设主管部门成为夹在上下级政府间的"受气包"，从而干扰了规划主管部门作出独立的实施意见。造成了规划可以随意改，可以有极大的自由裁量空间。由此而引发的群众对政府的不满意，当然就落在规划局身上，规划局难免就成为众矢之的。国内规划部门屡屡传出在群众评议中排名靠后的新闻，这不能不引起我们的深思。

3.4　案例：南京市城市建设用地增长过程分析

3.4.1　南京市概况

南京市是我国四大古都之一，国家级历史文化名城，江苏省省会，全省的政治、经济、文化中心，长江流域四大中心城市之一。南京全市土地总面积为 6582.31km²，2004 年全市户籍总人口为 583.6 万人，其中市区 501.23 万人，两县 82.37 万人；非农业人口为 418.39 万人，农业人口 165.21 万人。2004 年全市暂住人口为 120 万人，全市常住人口合计为 703.6 万人。南京位于长江下游宁镇丘陵区，东距长江出海口 300km，西达荆楚，南接皖浙，北连江淮。境内江河纵横，低山丘陵起伏，物产丰富，景色壮丽秀美，文物古迹众多，融山、水、城、林于一体。

南京市现辖 13 个区、县，其中 6 个城区和 5 个郊区、2 个县。由于南京近 20 年来有过多次行政区划调整，本文中所指市区包括 6 城区，即玄武、鼓楼、白下、秦淮、建邺、下关 6 区，郊区为雨花、栖霞、江宁、六合、浦口 5 区，其中浦口、六合两区在长江以北。

图 3-9　南京市行政区划图

南京的主城区为绕城公路以内长江以南的 6 城区及雨花、栖霞的部分地区，老城区是指明城墙以内的部分，新城区指城墙以外的城市地区。溧水、高淳仍作为郊县，如图 3-9 所示。

南京在近代以来有过多次城市总体规划，其中最有影响的当推 1929 年编制的《首都计划》和 1980 年、1992 年编制的经国务院批准的总体规划。

按城市规划要求也可分为市域、都市发展区（2948km²）和主城（258km²），见图 3-10。1992 年，编制完成了新一轮的城市总体规划，1995 年获国务院批准；2001 年又完成了对该总体规划的调整获批准实施，1999 年，完成主城分区规划（未批准但试用）。（南京市规划局，1980 ~ 2000）

根据《南京市城市规划条例》的规定，南京市明确了市、区两级规划管理的职责分工。特别是近年来，为应对南京城市规划管理范围扩大、城市快速发展变化、社会对规划要求越来越高的形势需要，南京市规划局不断规范内部管理，建立并完善了分局制。针对城市发展的近中远地区，采用略有差异的分局模式：对于已建成区的城中分局，强调专业化分工合作，着重做精做实；对于市近郊区的新建设地区分局，强调以块为主的管理模式，着重提高效率；对于远郊江宁、浦口、六合等 3 个直属分局，采取市局管理用地核发"一书一证"，委托区局核发建设工程规划许可证，着重保证形成市、区合力，推动地方发展。在鼓楼、玄武、白下、秦淮、建邺、下关、栖霞、雨花台等江南 8 市区范围内，由市级规划部门同意实施"一书两证"规划管理，原则上区级规划部门仅负责审批区辖范围内 200m² 以下房屋的《建筑工程规划许可证》；对区划调整后的江宁、六合、浦口区实行市级规划集中统一管理，由市级规划部门实施《选址意见书》和《建设用地规划许可证》"一书一证"规划管理，并采取由区规划部门受理预审、市规划局直属分局审批的

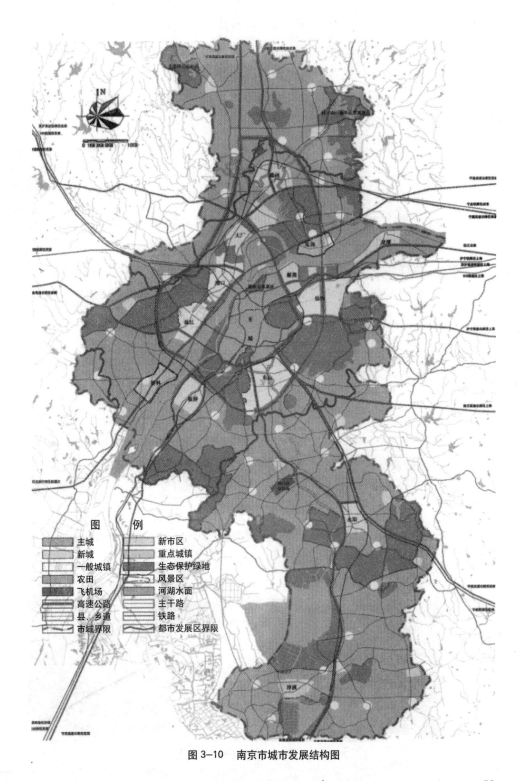

图 3-10　南京市城市发展结构图

形式。对于各类建设项目《建设工程规划许可证》（包括市政管线工程）的审批，除需上报市政府重大项目规划审批会议决定的之外，原则上由市规划局全部委托所在区规划部门受理审批。溧水、高淳两县范围内的规划管理工作则由县级规划部门负责，并接受市级规划部门的指导。

作为著名古都，江苏省省会，长江下游泳的中心城市，南京市城市发展的目标确定为：充满经济活力的城市，富有文化特色的城市，人居环境优良的城市。城市建设发展的策略是"一城三区"和"一疏散，三集中"。即完善主城第三产业的集聚功能，着力推进江北、仙林、江宁 3 个新市区的建设；老城人口向新区疏散，工业向开发区集中，建设向新区集中，大学向大学城集中。南京目前正处经济快速大发展的时期，各项建设活动空间活跃。2005 年人均 GDP 达到 4000 美元，2015 年人均 GDP 要达到 10000 美元。

3.4.2 南京市城市建设用地增长的过程

南京是一个具有 2000 多年建城史的著名古都，其间由于朝代更迭、战乱、毁损，城市屡经兴废，如图 3-11 所示。南京曾为十朝都会，

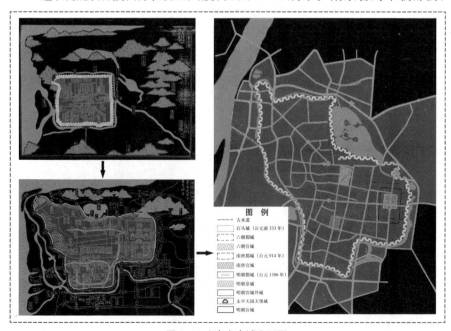

图 3-11 南京古城变迁图

但真正对现代城市建设有较大影响的是明朝定都南京后所建应天府城，一直到 1947 年南京的建成区始终未能突破明城墙的范围，城墙内仍有 1/3 为空地。

现代南京城市建设用地的增长从解放开始根据所处社会经济的不同阶段分为两大时期：社会主义计划经济时期和改革开放时期。

（1）社会主义计划经济时期（1949 ～ 1978 年）

从 1949 ～ 1978 年，中国社会处于社会主义计划经济时期，国家的社会制度与经济制度对城市空间的扩展和城市结构的演进影响非常巨大，南京也不例外，其间城市发展颇有波折。总的来看，本时期的城市建设用地的总量有增有减，建设用地扩展过程是跃进发展和填空补实交替的特征，从空间扩展方向上来看以向东向北为主，先向东、后向北，向东为新辟文教区，向北为新辟工业区，如图 3-12 所示。从用地性质上来看最主要是工业用地比重的急剧上升，其中，1949 ～ 1957 年，城市的紧凑度从 0.23 上升到 0.3，建成区面积增加 12km^2，平均每年扩展 1.5km^2。工业用地的比例上升较快，同时新增工业开始向城北地区集中；1958 ～ 1965 年，1958 ～ 1960 年的大跃进期间城市的发展表现为城市空间的急剧扩展和空间结构的比例失衡。城市建成区面积由 1957 年的 54km^2 上升为 1960 年的 82km^2。大量土地被征用。"大跃进"期间土地"征而不用，早征迟用，多征少用"的浪费现象，导致了从 1961 年到 1962 年实际清减假性城市用地就达 16000 亩；1966 ～ 1978 年，城市建设用地的增长仍主要以工业为主，城市空间继续向北发展，并开始分散，跳跃式地沿江展开。

（2）社会主义改革开放时期（1979 ～   ）

该时期具体分为两个阶段即改革开放初期和社会主义市场经济时期。

改革开放初期（1979 ～ 1989 年），是南京城市建设用地增长最快的时期。住宅建设是南京城市建设的重中之重，先后建成了一批住宅小区，其居住用地的增长主要集中在明城墙内。大批国家重点工业、交通等建设项目陆续建成，整个形成了由西南到东北并开始跨江的沿江建设带。

图 3-12　南京市区 1949 ～ 1978 年建设用地扩展图
资料来源：南京市规划局。

到 1990 年，南京江南主城（南京绕城公路以内，长江以南的地区）城市建设用地面积达到 132km²，城市空间结构仍呈同心圆模式，公共中心呈单一格局，新街口商业中心的地位得到了加强，工业主要分布在城墙外侧，二者之间为居住区、办公区、大专院校所充填。

　　社会主义市场经济时期（1990 年至今），20 世纪 90 年代以来是南京历史上城建投资最大的时期。从 1991 年开始试行将道路建设和房地产开发相结合的新方法，使道路建设的承担者由政府转为开发企业，解决了道路建设的资金问题。在 1995 年借召开"全国第三届城市运动会"的机遇，拉开了道路格局和城市空间扩展骨架。同年调整行政区划，6 个城区的面积由 76.3km^2 扩大为 186.7km^2，为城市的扩展提供了空间。而从 1996 年开始，依据国家宏观调控政策，市政府提出"三年面貌大变"的城建目标，从 1996 年到 1998 年南京城市建设先后完成道路、住宅、公用事业等 200 多亿资金的投入，使城市面貌进入了一个新阶段（见图 3-13）。

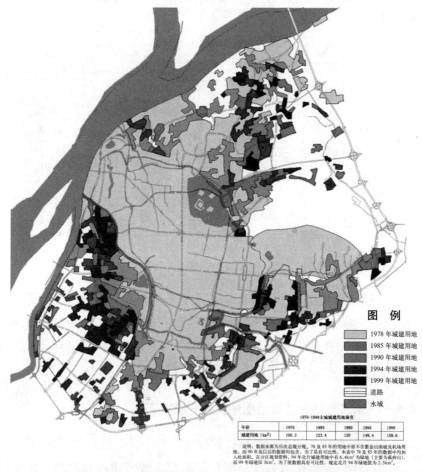

图 3-13　南京市主城 1979 ～ 1999 年建设用地扩展图
资料来源：南京市历年规划材料。

　　正是在这些投资与政策的影响之下，1978～2004年，南京主城城市建设用地总量从97.5km²增加到193.56km²，年均增加近3.69km²，年增长率为2.67%。其中，自1999年以来增长速度最快，主城向外扩展了34.06km²，年均建设用地近4km²，年增长率为6.8%，如表3-6和图3-14所示。

1978～2004年南京市主城城市建设用地增长情况　　　　　表3-6

	1978年	1985年	1990年	1994年	1999年	2004年
建设用地总量（km²)	97.5	120.7	139	148.11	159.5	193.56
年增长率（%)		3.1	2.87	1.61	1.49	6.81
年增长量（km²)		3.31	3.66	2.28	2.28	3.95

　　注：数据来源为《南京城市空间发展研究》、《南京市近期建设规划》，建设用地总量中包含紫金山。

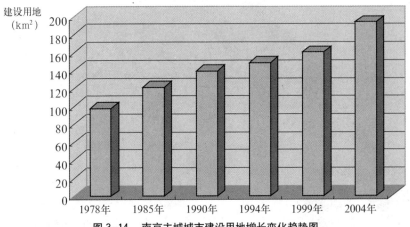

图3-14　　南京主城城市建设用地增长变化趋势图

　　在用地量的结构上，大量的工业用地转为非工业用地，第三产业用地与居住用地的总量与比例上升很快。在空间结构上，城市的居住重心向河西地区偏移，老城区、中心区的综合服务功能继续集聚，老城区的第三产业用地比例上升尤为迅速，如图3-15、图3-16所示。

3.4.3　南京市城市建设用地增长的一般特征

　　（1）规划及征用增长量突破常规

　　20世纪90年代以来，是南京市历史上城市建设和社会经济发展最为快速的时期，城市用地扩展量很大。在这10多年中，南京

图 3-15 2000 年南京市主城用地现状图

图 3-16 2004 年南京市主城用地现状图

市区范围总共规划审批了 305.8km² 的建设用地，（见表 3-7，图 3-17）。而在 1991～2000 年审批的 134km² 建设用地中，其中仅征用了 47km² 的土地用于城市建设（见表 3-8，图 3-18）。

从上述图表可以看出：

1）近十年规划审批的建设用地量相当于前 50 年建设用地的扩展量，增长速度超乎常规。特别是 1998 年，由于新土地法将于 1999 年 1 月 1 日实行（该法对建设用地的征用条件、报批程序更加严格和规范），补办用地、抢地占地蜂拥而至。规划审批土地 2476hm²，占十年审批总量的近 20%；征用土地 1985hm²，占十年征用总量的 42%，而 1999 年几乎没有征用土地，反映出极其的无序和不正常。

2）与土地征用量相对应的是城市建设用地量的年度变化。土地征用量是城市建设用地的新增量，而城市建设用地量还包括存量建设土地的重新使用。由于它们都受城市整体社会、经济发展状况的制约，因而二者的年度变化呈现出一定的相似性。但同时看到，规划审批了 134km² 建设用地，而仅征用了 47km²，占规划审批用地的 35%。说明了以下问题：第一，盲目圈地，圈而不用，造成大量土地资源的闲置和浪费；第二，违法使用土地现象泛滥，严重破坏了建

59

1992 ～ 2004 年规划局审批的建设用地情况表　　　　　　　　　表 3—7

年份	1992	1993	1994	1995	1996	1997	1998	1999	2000	2001	2002	2003	2004
面积 (hm²)	1777.8	1746.9	1174.8	794.0	1074.7	1073.1	2475.7	703.5	1110.2	1460.1	5908	6445	4834
总计	305.8km²												

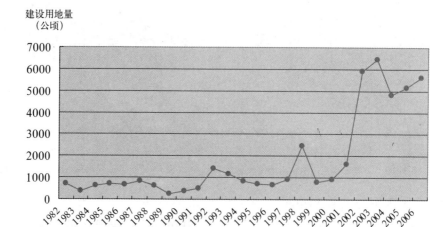

图 3—17　1982 ～ 2006 年南京城市批出建设用地量
资料来源：市规划局综合处。

南京市区 1991 ～ 2000 年年征用土地情况表　　　　　　　　　表 3—8

年份	1991	1992	1993	1994	1995	1996	1997	1998	1999	2000
年征用土地 (km²)	1.81	5.38	2.13	3.89	2.3	3.32	7.16	19.85	0.09	1.18

资料来源：南京市地籍信息中心。

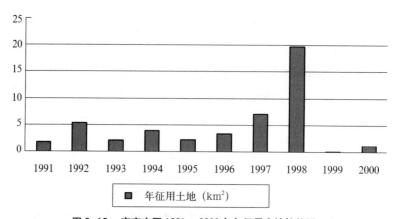

图 3—18　南京市区 1991 ～ 2000 年年征用土地柱状图

设用地增长的调控。

（2）外围城镇建设用地的无序发展

通过对 1990 年和 1998 年航片的研读，可以看出外围城镇建设用地增长量存在很大差异，各城镇的发展速度之间存在着明显差异。

从图 3-19、图 3-20 可以看出：东山增长 7.2km²，8 年间用地增长一倍，尧新增长 4.5km²，浦口增长 3km²；珠江的增长是 0.94km²。而西善桥镇的建设用地增长量不到 0.5km²。东山城市用地的增长量占整个外围城镇用地增长量的 35%，是江北珠江镇的 8 倍，是江南西善桥镇的 14 倍。从各城镇建设用地增长率来看，

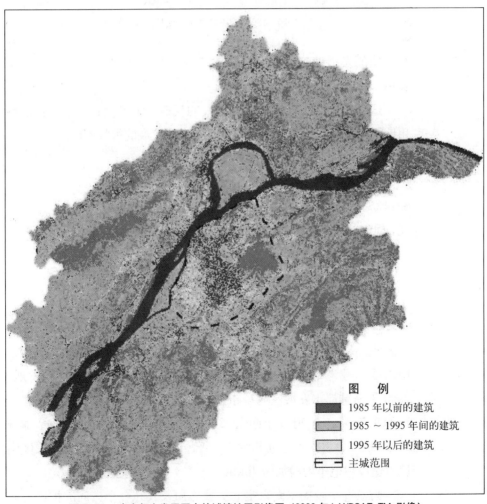

图 3-19 南京都市发展区中的城镇扩展影像图（2000 年 LANDSAT TM 影像）
资料来源：南京师范大学课题组。

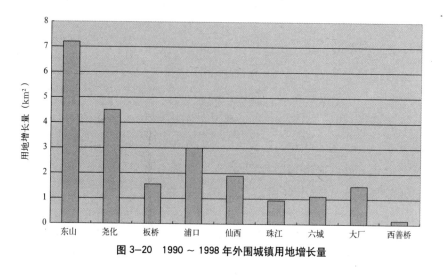

图 3-20　1990～1998 年外围城镇用地增长量

东山镇的发展速度很快,增长率达到 8.8%,比大厂、西善桥(增长率 <1%)快了 8 个百分点。

这种处于同一大区位却有极大的反差现象说明:外围城镇建设用地的增长违背了客观发展规律,是无序发展的很好例证。

(3)建设用地空间扩展的无序

南京都市发展区土地总面积约 2947km²,占市区总面积的 62.4%。规划都市发展区形成以长江为主轴,以主城为核心,结构多元,间隔分布,多空间、开敞式的现代化大都市空间格局,如图 3-21 所示。

都市发展区是南京市区内推进城市化的重点地区,现在空间上包括 1 个主城、3 个新市区、5 个新城的高度城市化地区,是南京人口、产业、信息、技术和基础设施高度集中、城市化水平最高的区域,是未来南京社会经济发展和城市建设的重点地域,使南京山水城林融为一体的城市特色在更广大的范围内得到体现和发展。2000 年南京都市发展区内城市建设用地为 287.56km²,占土地总面积的 9.76%,至 2005 年南京都市发展区内的城市建设用地增加到 518.66km²,占土地总面积的 17.6%。自 2000 年以来都市发展区内城市建设用地年均增加约 46km²。

为了进一步揭示南京空间扩展方向及其在各个方向的扩展差异与无序,选取南京市 5 个年份的空间范围进行研究,包括 1949 年、

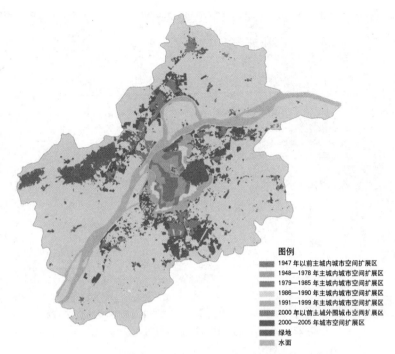

图 3-21 南京都市发展区 1947 ~ 2005 年空间扩展示意图

图例
- 1947 年以前主城内城市空间扩展区
- 1948—1978 主城内城市空间扩展区
- 1979—1985 年主城内城市空间扩展区
- 1986—1990 年主城内城市空间扩展区
- 1991—1999 年主城内城市空间扩展区
- 2000 年以前主城外围城市空间扩展区
- 2000—2005 年城市空间扩展区
- 绿地
- 水面

1966 年、1977 年、1989 年和 2000 年的空间信息（图 3-22），并以南京市区 1949 年的空间范围作为基础，把南京市区空间划分 8 个象限（注：1949 年、1966 年、1977 年、1989 年的空间信息来自于中国城市地图集，2000 年的空间信息来自于 TM 遥感影像）。

若把南京市区划分 8 个象限，每一个象限在 5 个年份的空间范围是不同的，如图 3-23 所示。

由表 3-9、图 3-22 和图 3-23 可以看出：

1）1949 ~ 1966 年，南京市区的扩展主要在东南和西北两个方向，1966 ~ 1977 年，南京市区基本没有什么扩展，1977 ~ 1989

南京主城 8 个象限在各年份中的空间范围（单位：km²）   表 3-9

年份	1	2	3	4	5	6	7	8
1949	1.703	2.317	3.061	5.798	4.238	0.997	1.383	5.755
1966	3.194	3.54	9.274	7.146	5.664	1.172	3.561	10.597
1977	5.378	4.214	11.83	8.308	6.835	1.345	4.144	13.591
1989	8.391	5.264	13.41	9.546	8.981	5.139	5.201	14.04
2000	32.960	7.168	14.930	18.970	18.120	16.900	11.470	20.240

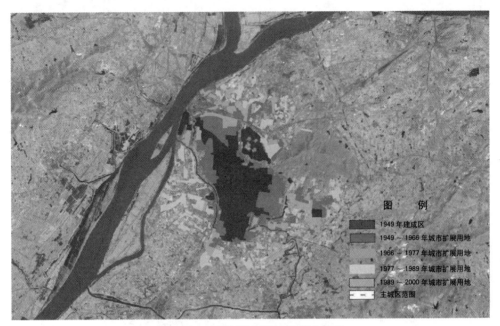

图 3-22　南京市区空间扩展影像分析图
资料来源：同图 3-19。

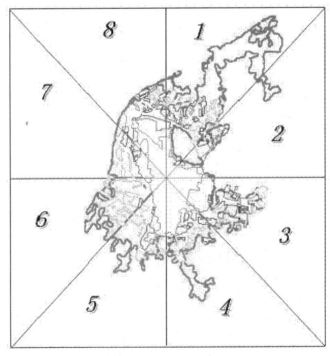

图 3-23　南京主城各个方向在 5 个年份的空间规模图
资料来源：南京师范大学课题组。

年南京市区得到了迅速发展，扩展的空间比较大，一是在秦淮河以西，二是在东南和东北方向。进入 20 世纪 90 年代，南京城的扩展分两个阶段，前期主要是内涵式发展，即填补 20 世纪 80 年代以来的空地，后期在空间上进一步向郊区扩展，扩展的方向主要表现在东北和南面。且主要在江南，达 42km^2；江北却扩展缓慢，仅 6.6 平方公里。1990 ～ 1998 年间，长江以南城镇用地从 155.6km^2 增至 198km^2，增加 42.4km^2，增加 27%；长江以北城镇用地从 45.3km^2 增至 51.9km^2，增加 6.6km^2，增加 14.5%。江南是江北的 7 倍，同在市区范围内差异性却如此之大，如表 3-10 所示。

都市圈城建用地地域分布　　　　　　　　　表 3-10

地域		增加城建用地（km^2）	占都市圈增加用地比例（%）
江南	总计	42.4	86.5
	其中：城东	6.4	29.3
	其中：城南	8.9	40.7
江北		6.6	13.5
其中：沿江发展轴		40.5	80

另外，南京城市建设用地增长的特征是以外延扩展为主，表现为城市边缘区不断向外围扩散，如秦淮河以西中保、兴隆地区、雨花台以南宁南地区、中山门外迈皋桥等地随着城市道路的延伸，农村用地被征用转变为城市用地，城市地域面积扩大。近在城墙以内地区主要是内涵扩展，此区内已无农村集体土地可征，城市建设只能在既有的城市用地上进行的。在用地性质上既有同质扩张，也有异质演替；在空间形态上是城市建成区的垂直方向的增厚，表现为中心城区高层建筑的增多和地下空间的开发，城市要素的空间密度加大。破坏了城市合理的结构。

2）为了更明确地反映各个象限在空间上的发展变化，可定量地用扩展数值和标准差来揭示。如表 3-11 所示。

1949 ～ 1966 年，平均每个象限扩展了 2.362km^2，而标准差为 2.06247km^2，说明各个象限扩展的差异程度较大，主要是第 3 和第 8 象限扩展较大，而第 6 象限扩展较小。即在东南和西北两个方向

南京市区 8 个象限在 4 个期间的空间扩展规模差异（km²）　　　　表 3—11

象限和统计指标	1949 ~ 1966 年	1966 ~ 1977 年	1977 ~ 1989 年	1989 ~ 2000 年
1	1.489	2.186	3.013	24.569
2	1.223	0.674	1.050	1.904
3	6.215	2.554	1.580	1.52
4	1.348	1.162	1.238	9.246
5	1.426	1.171	2.146	9.139
6	0.175	0.173	3.794	11.761
7	2.178	0.583	1.057	6.269
8	4.842	2.994	0.449	6.2
平均值	2.362	1.437125	1.790875	8.826
总和	18.896	11.497	14.327	70.608
标准差	2.06247	1.02039	1.12570	7.28458

扩展较大，而西面因秦淮河的影响扩展较小；1966 ~ 1977 年，扩展的方向主要集中在市区的北面，这一时期总体上各个方向的扩展规模差异程度较小，标准差只有 1.02039km²；1877 ~ 1989 年，东北和西南方向的扩展程度最大，这一时期秦淮河开始大规模开发，火车站以东的地域也得到了迅速的发展；1989 ~ 2000 年，是南京市区空间扩展最为迅速的时期，但这一时期空间扩展规模的差异还是显著的，最主要的扩展方向仍然是东北方向，其次是西南和南面，而东面扩展得很少。

（4）大量绿地被转为建设用地，影响"开敞式"空间布局结构的形成

2001 年调整的《南京城市总体规划》提出在都市发展区形成"以长江为主轴，以主城为核心，结构多元，间隔分布，多中心、开敞式的现代化大都市空间格局"的规划构想，是在分析了未来相当长一段时间内南京城市发展将进入加快城市化进程和城市快速扩张阶段的基础上，提出的适合于南京实际情况，既能满足城市快速扩张需要，又能保持良好的城市环境品质的城市发展模式，是被国际经验证明了的大城市的最科学合理的发展模式。

从南京都市发展区 1990 ~ 2000 ~ 2003 年的用地扩展图可以看出，在《南京城市总体规划》的实施过程中，"结构多元，间隔分布，开敞式"空间格局正在受到蔓延式的城市空间扩张态势的侵蚀，三

个时期的用地扩展统计数据则进一步说明了这种蔓延态势和建设用
地侵占绿地的日趋严重性，见表 3-12。

都市发展区 1990 ~ 2000 ~ 2003 年用地扩展统计数据　　　　表 3-12

年份	建设用地 (km²)	规划绿地中的建设用地 (km²)	占建设用地比例 (km²)	新增建设用地 (km²)	绿地中建设用地占新增建设用地比例 (%)	年均增建设用地 (km²)
1990	179.7	29.0	16%			
2000	277.4	50.0	18%	97.7	51.2	9.7
2003	572.5	173.7	31%	295.1	60.9	98

注：加上在规划绿地中的已批未建用地 7.9km²、储备用地 15.1km²，在规划绿地中的建设用地达到
202.9km²，占建设用地比例达到 35%。

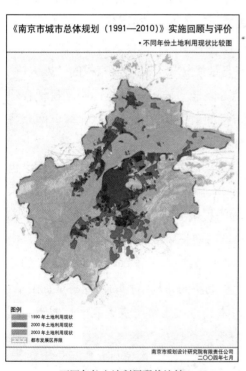

不同年份土地利用现状比较　　　　土地利用规划与现状比较

图 3-24　南京市城市总体规划实施回顾与评价图

　　由图 3-24 可以看出，这种蔓延在城南和城东两个方向的态势
尤为严重，尤其是位于主城周边及对外放射性公路两侧的城镇建设
用地的盲目扩张，一些工业开发园区的无序建设，经济适用房在绿
色廊道中的选址建设以及违章建设等，使主城在南部、东部等方向

与外围新城和新市区之间的绿色生态隔离绿地日趋薄弱。作为有山林、水体、基本农田及防护林为主体的生态主骨架，基本处于自然状态，部分山林植被还遭到不同程度地破坏，如幕府山、汤山、青龙山、黄龙山、牛首祖堂山等的开山采石；防护林也是城市生态网的主骨架之一，近年来防护林的建设投入不足，被侵占现象却比较严重，如扬子乙稀与大厂生活区之间的防护林带，不断插建了一些城市建设用地，其中包括新建了 100 余幢的农民新村。位于都市圈东北——西南方向清凉空气走廊上风向的大厂与瓜埠之间的开敞空间，由于扬巴工程等项目的建设，控制宽度一再缩小，生态作用也将随之减弱。大厂区与浦口高新技术开发区之间的绿化隔离带，也随着南钢的扩建和储罐场的建设而连接度相应减弱。

可以说，如果南京主城外围没有山体、水体等自然屏障的阻挡，南京主城外的无序蔓延的状态与最终结果，就是北京式的"摊大饼"和永远无法解决的交通、环境等问题，被国际经验证明了科学合理的"多中心、开敞式"大城市空间组织模式将与南京无缘，南京将无法走出"水多加面、面多加水"的局面。

国际经验表明，在经济进入快速发展期和城市快速发展期，也正是调整城市结构的最佳时机，当城市发展进入稳定成长阶段后，也就失去了架构合理城市结构的机会。南京 2000 ~ 2003 年的年均增长用地是 1990 ~ 2000 年的年均增长用地的 10 倍，可以看出，南京已经进入城市快速发展期。此时如果不遏止这种无序蔓延式的城市增长方式，"多中心、开敞式"的空间布局结构的形成将更加困难。从长远来看，无序蔓延式城市增长方式还将严重影响南京城市长远目标的实现和城市的可持续发展。

3.4.4　实践中规划实施突破规划要求的现象严重

（1）规划增长的目标与实际结果不符

造成城市规划实施管理过程中城建用地频频突破规划总量的一个很重要的原因就是国家本身的城市发展方针多年来一直是"严格控制大城市规模"，这使得城市规划的编制人员不得不明知控制用地不足以适应城市自身发展的需求，还得从计划经济的角度来强行压低用地总量指标，这也使得在实际发展中城建用地规划控制量和实际需求量的矛盾表现得更为尖锐。

以南京为例，在编制 1980 年城市总体规划时，1978 年的现状人口已有 113 万人，现状城建用地已有 97km^2，但为了严格遵循国家控制大城市规模的方针政策，规划到规划期末的 2000 年，核心地区人口控制在 120 万人，城建用地规划为 120km^2。但仅仅到 1985 年，南京主城的城建用地已达到 120km^2，而城市人口更是突破 120 万人的限制，达到 150 万人。（南京市规划局、新加坡雅思博设计事务所，2002）

1）原总体规划将都市圈的外围城镇作为第二产业的主要布局空间的规划构想，与第二产业的实际空间落实有较大的距离。外围城镇作为第二产业的主要发展空间，近十年来，发展较快的城镇主要有依托开发区快速发展的东山、尧栖、浦口，依靠重点项目投资建设的大厂。

位于浦口的浦口高新技术开发区，规划产业开发建设用地 3.2km^2（享受优惠政策范围 16.5km^2），至 1999 年底已基本完成 3.2km^2 的开发建设。到 2004 年，在空间上已经实施了在原有浦四路两侧 3.4km^2 基础上向泰山新村 8km^2 规模的空间拓展；位于尧栖地区的南京经济技术开发区，规划用地 9.73km^2，已开发用地约 6.5km^2。近年来该地区在原有基础上一方面提档升级，升格为国家级经济技术开发区，另一方面，在空间上进一步整合周边空间资源，获得了进一步的发展空间；位于东山的江宁经济技术开发区规划用地 24.98km^2，已完成开发用地约 18km^2，1999 年区内有企业 380 家，技工贸收入达 100 亿元。"重化工业相对集中，重点建设江北化工带"的规划设想，也随着 2003 年获得国家计委批准的南京化工园的实施，进入实施操作阶段，并已经完成了起步区的开发建设，二、三期的规划和建设也已全面开展。以扬子乙烯为代表的"扬巴"一体化工程建成以后，乙烯的最终生产规模可达 125 万 t，扬巴工程的建设以内涵发展与外延扩张相结合的方式，总建设用地约需 268hm^2，其中外延扩张用地约 190hm^2。至 1999 年底，主城已搬迁或正在实施搬迁的污染企业 141 家，新址虽出老城，但在主城内的企业仍有 61 家，占 43.3%。截止 2005 年底，主城内工业用地为 24.74km²，仍占总建设用地的 12.78%，使得 1990 年总体规划确定将外围城镇作为第二产业的主要布局空间的规划构想，与第二产业的实际空间落实也有较大的距离。

1990～2004 都市圈人口与城市建设用地变化情况　　　　　　　　表 3-13

	都市圈		主城		外围城镇	
	城镇人口（万）	城建用地（km²）	城镇人口（万）	城建用地（km²）	城镇人口（万）	城建用地（km²）
1990 年	232	202	181	132	49	70
1998 年	267	253	201	161	62.4	91.8
2004 年	—	397.85	—	193.56	—	204.29
年增长量		13.99		4.40		9.59
占总增长比例（%）	—	100	—	48.66		51.34

注：2001 年总体规划调整，将 1990 年城市总体规划中"都市圈"概念改为"都市发展区"，范围作出了适当的调整。2004 年外围城镇数据包含 3 个新市区的相关数据。

由表 3-13 可以看出，都市圈城市建设用地增长 51km²，其中占都市圈面积 8.8% 的主城增加城市建设用地 29km²，占增量的 57%；而主城以外，都市圈以内，规划要重点发展的区域，却仅增加城市建设用地 22km²，占增量的 43%，年均增长 2.4km²，说明外围城镇的发育缓慢，距规划的目标较远。

2）原总体规划提出了"以长江两岸沿江束状交通走廊为市域城镇的主发展轴，主城向南的交通干线为市域城镇的次发展轴，南北协同发展"的空间布局构想，从近十年来交通基础设施建设、城镇扩张、产业发展、人口增长情况来看，沿江主发展轴仍然是城镇发展的主要空间。

主发展轴上的主要建设有：长江二桥、江北路、沿江路、纬一路、新生圩港、龙潭港等交通设施；主城河西新区、尧栖南京经济技术开发区、浦口高新技术开发区、市场群、大厂扬子石化工程的扩建等。主发展轴上的城市建设用地由 1990 年的 185km² 左右，增加到 1998 年的约 228km²，总量增加了 43km²。

随着次发展轴上的禄口机场、机场高速公路、宁高高速公路的建设和宁溧公路的改造，次发展轴上城镇发展条件得到进一步改善，带动了次发展轴上城镇的快速发展。如东山镇，城建用地规模分别由 1990 年的 4.5km² 扩张到 1999 年的 31.1km²（而规划 2010 年城建用地规模才为 33km²）；城镇人口增长了 2.2 倍，年均递增 9.26%，大大快于全市 5 县城镇人口年均 4.3% 的增长速度。禄口镇城镇人口比 1990 年增长了 5.4 倍，年均递增 20.7%，高于全市、全县人口增长速度，成为典型的以交通为动力快速发展的城镇，位于次发展轴上的在城、淳溪，城镇人口增长速度也分别达到 7.5% 和 6.5%。

3）作为远期预留发展中心商务区的仙西地区，也出乎规划的预计，却在近期就已开发了 5km²，且以房地产和大学分校为主，功能单一。另外南京近十年城市建设用地的增长主要在江南达 43km²，而江北仅 6.6km²，发展的两极分化现象严重。

4）主城用地结构优化调整速度快于规划预计。"优化主城用地结构，大力发展第三产业，增加第三产业用地和道路广场用地，保持现有居住用地水平和较高的绿地指标，合理压缩工业用地"是现行总体规划提出的主城用地功能调整优化的主要思路，十年来，配合产业结构的调整（"退二进三"政策的实施），主城用地结构调整速度加快，工业用地下降较快，居住用地有了显著增长，第三产业发展迅速。在旧城改造的同时，以河西为重点的新区开发加快了进程，主城新区的建设框架基本形成。

1990～1999 年，主城居住用地由 33.1km²，增加到 45.56km²；公共设施用地由 19.4km² 增加到 25.34km²；道路广场用地由 7.4km² 增加到 16.72km²，工业用地总量由 33.04km² 下降到 29.28km²。工业用地的下降和居住用地的增加速度超出了当时规划的预期。市中心工业用地基本搬迁或实施用地转化，旧城内基本无大污染企业，主城用地结构得到调整优化。

由表 3-14 可以看出，2004 年主城公共设施用地面积为 25.94km²，占建设用地的 13.40%，比 1990 年增加了 6.55km²，基本达到了规划提出的到 2010 年公共设施用地增加约 10km² 的阶段目标；道路广场用地面积为 18.05km²，占建设用地的 9.32%，道路用地面积接近规划的 2010 年达到 19.3 km² 的指标；主城绿地面积为 39.02km²，占建设用地的 20.16%，在近五年新增绿地面积

1990、1999、2004 年和规划 2010 年南京主城主要用地构成　　　　　　　表 3—14

	公共设施用地（km²）	道路广场用地（km²）	绿地（km²）	居住用地（km²）	工业用地（km²）
1990 年	19.39	7.4	20.5	33.1	33.04
1999 年	25.34	16.72	23.35	45.56	29.28
2004 年	25.94	18.05	39.02	55.25	24.74
规划 2010 年	29.39	19.3	46.7	39.5	31.46
2004 年现状较规划 2001 年结果	尚差 3.45	尚差 1.25	尚差 7.68	超额完成 15.75	超额完成 6.72

大幅度增加，基本实现 2010 年的规划预计目标；居住用地面积为 55.25km²，占建设用地的 28.54%，已大大超过规划确定的 2010 年达到 39.5km² 的规划目标。可见，至 2004 年，主城各项用地指标已基本能够达到规划 2010 年的设计水平。与此同时，随着"退二进三"速度的加快，工业用地面积占建设用地的 12.78%，提前完成了规划确定的 2010 年的工业用地总量下降到 31.46km² 的目标。

（2）规划要求增长的区位空间、时序等与实际结果不一致

1）都市发展区层面。"以长江为主轴，东进南延，南北呼应；以主城为核心，结构多元，间隔分布。逐步形成现代化大都市的空间格局"，展现了南京城市发展的规划构想，如图 3—25 所示。以主城和外围城镇为主体、绿色空间相间隔、便捷的交通相联系的空间布局形态，既为城镇与产业的发展获得了更大的发展空间（由主城 258km²，扩展到都市发展区的 2947km²），同时也为保护南京自然山水环境和历史文化资源，避免"大城市病"创造了空间条件，使山水城林融为一体的城市特色得到了更充分的体现。

外围城镇中发展最快的城镇有东山、尧栖地区，城镇用地规模分别由原来的 4.5km² 和 10.3km²，分别扩张到 1999 年的 31.1km² 和 21.4km²，至 2004 年底，东山城建用地已扩展到近 60km²，已大规模超出了规划预期目标（规划 2010 年用地规模分别为 33km² 和 23km²）。作为南京城市总体规划确立的两个新市区，其主要发展动力来自于对外交通（机场、港口）条件的改善和开发区优惠政策的吸引。

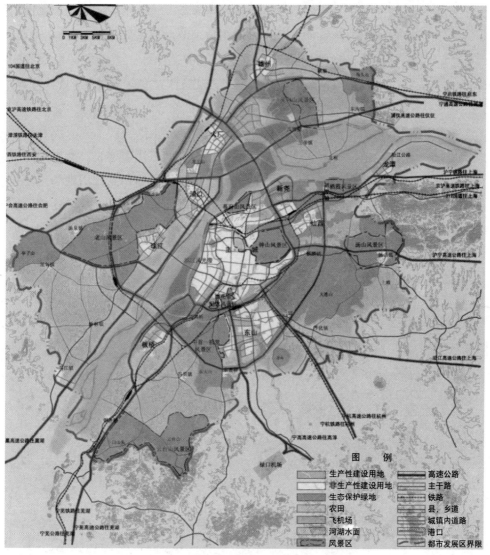

图 3-25　南京市 2000 年都市发展区总体规划图

规划仙林新市区以发展高等教育和高新产业为主，从现有用地类型和空间分布来看，新市区主导功能明确。现状高校用地数量占城镇建设用地总量的比例达到 37.02%，集中分布于一期建设的仙鹤片区。工业用地 112.43hm²，集中分布于马群科技园。现有已批未建用地和意向性用地的总量为 1633.67hm²，达到新市区已建成建设用地的 1/4，用地增长速度较快。新增用地集中分布在仙鹤和

73

白象片区，以居住、工业和高校用地为主。仙鹤片区是近期建设的重点地区，白象片区是未来城市扩展的主要方向。截至 2004 年底，仙林新市区城镇建设用地数量为 2202.61hm^2，占新市区总面积的 27.46%，发展呈现一定规模。新市区整体空间框架初步形成，"四片区、两廊道"的空间结构十分清晰，如图 3-26 所示。

东山新市区是南京城市南北向发展轴上的重要节点。现有已批未建用地的数量表明，近期城镇建设用地将快速增长。新增用地主要分布在九龙湖片区，用地类型以工业、居住和高校用地为主。地区整体向九龙湖南面和机场高速公路以西地区蔓延，呈现连绵发展的趋势。近年来在主城综合功能扩散的过程中承担了重要作用，地

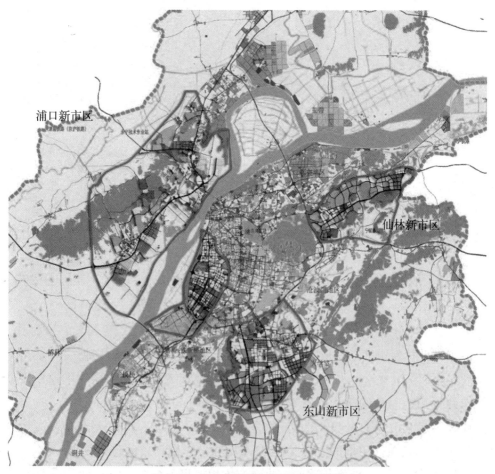

图 3-26　2005 年都市发展区用地现状图

区整体发展速度较快。截至 2004 年底，东山新市区已建成建设用地为 5769.1hm²，占新市区总面积的 58%，已批未建用地数量则为 1217.4hm²，超过已建成建设用地的 1/5。

浦口与珠江镇合并后，形成新的浦口区，并在 2001 年总体规划调整后确定为南京城市的新市区之一，是江北地区具有相对独立的区域综合服务功能的新市区，东承主城辐射、呼应主城发展，向西南扮演着协助主城发挥南京都市圈中心城市向安徽、苏北等地区辐射的作用，是南京市实现沿江开发、跨江发展战略的重要发展空间。近年来，依靠高新技术开发区和市场的发展，城镇规模扩张迅速。

大厂与雄州因行政区划调整后，合并形成六合区，两者是南京外围新城的重要组成部分。雄州新城是六合区的政治中心，由于六合区曾长期作为城市郊县，雄州的发展一直较缓慢，现状规模较小、建设水平不高。已建成建设用地占新城总面积的 28%，其他大部分为未建用地。但从已批未建用地的数量来看，2004 年已批未建用地为 416.09hm²，接近现有已建成建设用地的 1/3，发展速度加快。大厂新城是以重化工业为主体发展起来的工业城镇，也是南京化工园的生活配套组团。截至 2004 年底，大厂新城已建成建设用地为 1959.76hm²，占新城总用地的 80%，现状发展已较成熟，用地发展兼有内部调整和新增扩展。六合地区近十多年虽然有较大发展，但其由于交通因素以及人为观念等因素的限制，其发展速度要略慢于东山和尧栖地区。

依靠自身内在动力发展的城镇有板桥，其发展速度相对比较缓慢，在总体规划调整后，确定了其作为南京主城外围的新城之一。该地区属于依托大型工矿企业（主要是梅山钢铁）发展起来的郊区城镇，工业用地占已建成建设用地的比例超过 50%。该地区长期属于城市郊区，用地布局具有明显的城乡结合部的特征，加之当地工矿企业的土地权属，管理又较为复杂，现状用地布局散乱，缺少合理的路网体系。已建成建设用地类型以工业及为工业配套的道路交通、居住用地等为主，市政设施用地的数量也较多、规模较大。地区整体发展较慢，已建成建设用地数量占地区总用地的比例不到 1/4，现状大部分为非城镇建设用地。

西善桥是 12 个外围城镇中，唯一一处于萎缩状态的城镇，人口规模由 1990 年的 1.8 万人，下降到 1999 年的 1.6 万人。其主要原因一是镇主体企业西善桥钢铁厂已倒闭，二是因为随着绕城公路二期和宁马高速公路的建设，原经过该镇的对外通道宁芜公路变为地区性的联系道路，使该镇的区位条件随对外交通条件的改变而发生根本性的变化。

2）主城层面。主城作为都市圈的核心，由于大城市的集聚效应，作为城市经济建设的投资重点，城市人口、用地规模进一步扩张，已超出规划预期目标。

南京市两个年份的主城规划和实施对比可以充分显示这一点，如图 3-27、图 3-28 所示。

1980 ~ 1985 年：1985 年的实际建设现状与到 1985 年的规划设想相比，在空间上突破较大，在增长方向上主要表现在主城的东北和西南。东北的黑墨营地区，以华飞厂为代表的工业用地和居住用地都比规划预期大；西南是河西的南湖地区，建设用地的突破主要是居住和工业用地。

南京市 1980 ~ 1985 年建设规划图　　　　　南京市 1985 年建设用地现状图

图 3-27　1985 年的规划与实施结果

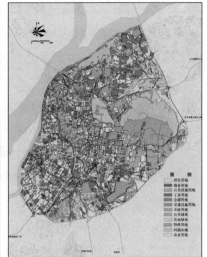

南京市 1990 ~ 2000 年建设规划图　　　　　南京市 2000 年建设用地现状图

图 3-28　2000 年的规划与实施结果

　　1990 ~ 2000 年：2000 年的实际建设现状与到 2000 年的规划设想相比，在东、西、南、北四个方向上和用地性质上均有较大的差异。东：规划中只有市政设施用地和少量的居住用地，实际建设则是以太阳城等居住开发占了很大份额；西：规划建设用地集中在纬八路以北、纬三路以南，且以公共设施和居住为主，实际建设用地已扩展到纬八路以南，纬八路以北的建设用地增长主要在经四路以东，开发密度也比预期的要大。增长的建设用地性质仍以居住为主，加之一些从旧城迁出的工业企业，而公共设施用地增加的非常少；南：宁南地区规划以公共绿地和生态用地为主，但实际建设用地则成了以居住为主，并有少量的乡镇工业用地；北：丁家庄地区规划为绿地和居住用地，而实际建设比规划预期要慢，尤其绿地的建设几乎没有进展。

　　2000 年以后，主城的用地建设主要是通过内涵提升来拓展城市空间，利用在主城外围建设新区的手段缓解老城压力从而保护和提升老城品质，同时还加强了新区的公共设施、市政设施和交通设施的配套建设，增强新区综合服务职能，缓解新区对旧城就业、服务的依赖。利用建设省体育中心的契机，迅速培育了南京城市河西副中心。在老城内，还通过控制老城住宅、特别是严格控制老城高层住宅的建设，将老城可转化的用地优先用于增加绿地、改善环境、增加公共设施、完善交通和市政配套等策略，有序疏散旧城人口。

可以看出，在 2000 年以前相当的建设用地增长与规划有较大距离，甚至大相径庭，在 2000 年以后，规划的调控力度得到加强，城市建设现状能够在规划的有效指导下有序进行。

（3）规划片区功能在实施过程中不能完全落实

原总体规划对主城用地功能布局提出了"以河流、铁路、城墙等为自然边界，分别形成以第三产业用地为主体的中片；以河西生活居住区用地为主体的西片；以中央门外工业区为主体的北片；以钟山风景区为主体的东片；以纪念风景区、对外交通设施为主体的南片"的五个功能片区规划构想，五个功能片区既相对独立各具特色，又形成有机联系的整体，但在实施过程中其功能不能完全落实。

1）城镇职能分工实施情况不尽相同，与规划要求有一定差距。除沧波门、龙潭、瓜埠等待开发的城镇和地区外，板桥、浦口、大厂、六城的建设强化和完善了规划职能；仙西地区虽然进行少量开发建设，但其土地使用性质和建设标准基本符合规划赋予仙西的职能要求；西善桥由于其主体产业钢铁冶炼的倒闭，其规划职能与现状发生较大的变化；东山、尧栖由于开发区的建设和近邻主城的特点，近几年的建设与主城的功能联系越来越密切，规划职能分工与现状实施情况有一定差距；珠江镇作为科学城的职能，随着南京师范大学在仙西定点，东南大学、南京大学在浦口的建设，南航、南化在江宁东山，金陵职大在石门坎，南京工业大学在沧波门的定点建设，珠江的规划职能与实施情况之间的差距越来越大。

2）城镇之间绿色空间的控制与建设有一定难度。城镇之间间隔分布的规划目标，总体上来说控制的较好，但在一些方向上绿色空间的间隔距离越来越小，有形成连片发展的趋势，如主城与尧栖之间，主城与东山之间（由于宁南的开发），大厂与浦口之间，大厂与瓜埠之间（由于扬巴工程和江北化工产业带建设）等。

3）规划片区功能在实施过程中发生部分变化调整。现行总体规划对主城用地功能布局提出了"以河流、铁路、城墙等为自然边界，分别形成以第三产业用地为主体的中片；以河西生活居住区用地为主体的西片；以中央门外工业区为主体的北片；以钟山风景区为主体的东片；以纪念风景区、对外交通设施为主体的南片"的 5 个功能片区规划构想，5 个功能片区既相对独立各具特色，又形成有机联系的整体。

根据 1999 年主城现状用地的统计，中片的第三产业用地占44.2%，西片的居住用地占 31.8%，东片的绿地占 26.4%（未含紫金山北坡），与总体规划确定的片区主导用地功能基本相符。

由于南片大校场机场民用部分迁至禄口，大校场转为军事用地性质，其对外交通用地比例 1999 年已下降至 1.2%；与此同时，随着宁南等较大规模居住区的开发，南片居住功能得到加强，规划确定的南片用地功能在实施过程中已发生变化。北片 1999 年工业用地比例为 33.9%，居住用地比例为 16.7%，工业用地比例虽然高于居住用地，但随着北片"退二进三"速度的加快，工业用地比例将继续呈下降趋势，相反居住用地比例仍将上升，规划确定的以中央门外工业区为主体的北片功能将发生较大的变化。

4）规划的绿地指标没有实现。城镇内部的绿地系统是城市生态防护网架的次骨架，也是生态防护网络中建设相对较快的系统。近来年，主城先后建成了台城、月牙湖等景区，建设了汉中门、水西门，鼓楼等广场，加大了绿地广场的建设力度，绿地总量有所增加，但与城市人口的增长速度和居住用地的建设速度相比，还有相当的差距。1999 年主城绿地面积由 1990 年的 20.5km^2，增加到23.35km^2，占城市建设用地的 14.6%，与总体规划确定的至 2010 年规划绿地面积 46.7km^2，绿地占城市建设用地 24% 的阶段预期目标相比还有较大的差距。

3.5　小结

本章分析了我国现阶段快速城市化进程中最重要的现象之一——城市建设用地增长中存在的共性问题。毫无疑问，城市建设中出现的很多问题都不是某一个因素决定的，建设用地增长中出现的问题亦莫能外。尤其在社会主义市场经济条件下，涉及房地产开发等利益巨大的经济行为和城市政府对"土地财政"的依赖等因素，城市建设用地的增长是一个非常复杂的机制的结果。但是尽管如此，本书经过对一般情况到部分城市个案的深入分析，清晰地表明城市规划编制与实施管理之间缺乏有效协调，对于规划本应起到的维护公共利益、防止市场行为外部性的职能不能充分发挥是有关联的，从一个方面实证地检验了非整合性的危害性。

第4章 整合城市规划编制与实施管理
——国内外理论与经验借鉴

4.1 国外理论与经验

许多西方国家在历史背景，社会、经济、政治结构等方面与我国有很大的差异，城市规划的历程也不尽相同。它们的规划编制与实施管理的非整合性表现并不突出，直接针对规划编制与实施管理关系的理论探索也不多见。但是，任何对城市规划的最基本理解中都包含着对规划编制与实施管理之间关系的界定，只是在这个阶段对二者关系的界定偏重理论性。而任何城市规划实践也必然包含对规划编制和实施管理关系的处理，因此仔细分析国外的实践，就一定能够从中找到可借鉴的内容。本节首先综述国外对城市规划与实施管理的一般理论思辨，然后着重分析英国的规划实践，进而也对其他国家规划实践的相关内容作一个概括性的分析。

4.1.1 一般理论思辨

有关规划编制与实施管理相互关系的理论认识经历了一个从单向的、割裂的理解向互动的、反馈的理解的转变（见图4-1）。这种转变从另一个意义上，就是所谓的从城市规划的"终极蓝图论"向"过程论"的转变，城市规划应成为一种介入于发展全过程的因素。这个理解的实质，也就是规划编制应该成为现实演变过程中一个时刻存在的要素，并且现实演变的过程也在相当程度上就等于实施规划的过程。

在20世纪60年代，注意研究规划过程的系统化，把重点放在为不同的比较方案或行动方向建立模型和进行评价上。这三种图解主要是根据控制论和系统分析这些新的科学方法制订的。（资料来源：Peter Hall：Town and Regional Planning)

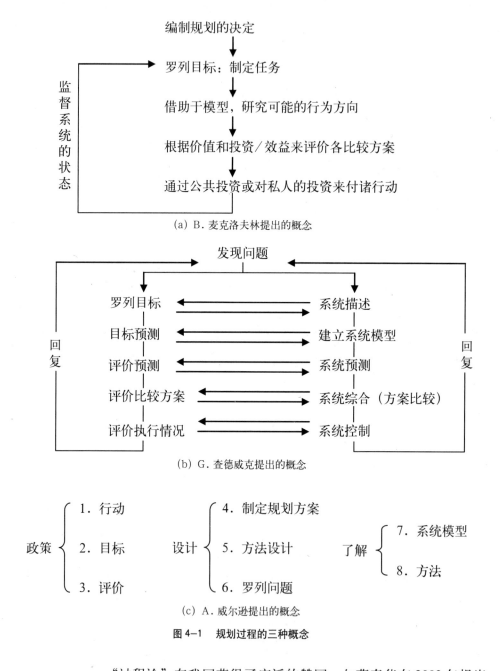

（a）B. 麦克洛夫林提出的概念

（b）G. 查德威克提出的概念

（c）A. 威尔逊提出的概念

图4-1　规划过程的三种概念

　　"过程论"在我国获得了广泛的赞同，如曹春华在2002年提出建立新的城市规划运行机制，对规划编制过程必须与实践充分结合、互动作了深刻阐述，其思想的核心显然与"过程论"是一致的（见图4-2）。不过更具体的，这个"过程"怎么个过程法？这方面理论

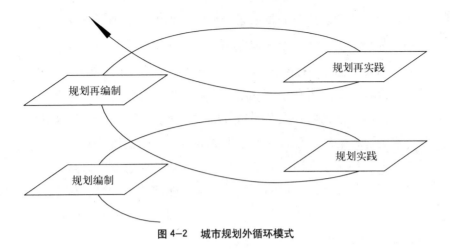

图 4-2　城市规划外循环模式

　　并没有给出实质性、可操作性的答案，国内的进一步研究也似乎始终停留在纯理论化阶段，因此在中国的规划实践中人们看到的变革似乎很有限。

　　但是，过程论在国外的遭遇大不一样，重要的是，在国外，规划编制传统地就是用地发展调控过程内在的一环。因此，这个理论的提出其可能的意义是使规划编制者更加有意识地与发展的客观实际以及管理的具体需要相结合。这一点看来是事实，因为伴随着对规划的理解从"终极蓝图论"向"过程论"的转变，英美城市规划中也出现了从物质规划向社会规划、从自上而下的规划向谈判式、倡导性规划的转变（Taylor，1998；Davidoff，1965；Innes，1996），这些转变事实上反映了规划师主动与发展的具体情况、管理的真实需要更加紧密地接轨。英国皇家规划学院的一份报告强调"城市规划必须满足人们的社会和经济需求。"（RTPI，1990）。英国学者 Clara Greed 特别强调论述了城市规划绝不是单纯的物质规划。规划师"在为市民做规划以显示自己的工作职责，但规划的结果往往令市民和社会各阶层感到不满意"。他经过大量的实践说明了城市规划是"物质＋社会"的规划，规划师必须有从理想甚至自负走向商业、市场的思维。"今天，许多规划师一直寻求采用更多的平衡手段，汲取社会意识的研究，把人们需求的重要性摆到规划的目标"，强调了当研究城市规划的自然性和实践的同时，要充分重视"规划的社会方面"。

这些理论与实践的发展对本文的研究都有一定借鉴意义，但是这种借鉴目前看来还主要体现在规划编制环节，并且即便在这一方面，其相关性也是间接的。因为一些理念在我国当前可能并不适用，或者恰恰是我们需要在规划编制与实施管理的关系方面有待突破的地方，而西方社会已经具备了这样的一个平台。比如，国外规划编制与实施过程的结合中，与城市发展的参与者日益接近是基本特征之一，但这种接近之所以有效，与西方社会长期的民主与参与的传统密不可分。因此，同样的方法在我国可能就不太有效。另外，倡导性规划等显然要求规划师更多地参与进规划实施的实践过程，但相关机制在我国还没有建立起来。

因此，要从国外规划的理论和实践经验中挖掘出适合我国国情的方法与措施，进而起到借鉴和启示作用，就要从根本上理清影响国外城市规划的内在和外在因素，包括源于本的观念、外在的体制、具体运作的机制、指引和保障的法律法规体系等。

4.1.2 英国城市规划

（1）概述

英国的城市规划起源于 19 世纪工业革命引发的对于城市住房和卫生问题的关注。在 1942 年以前，城乡规划事务一直是由英国卫生部(Minstry of Healthy)负责，而后又分别属于城乡规划部(Ministry of Town and Country Planning)、住房和地方政府部 (Ministry of Housing and Local Government) 及环境部 (Department of the Environment) 所管。2002 年 5 月中央政府设立了以副首相为负责人的副首相办公室 (Office of Deputy Prime Minister) 作为其城乡规划机构，主要职责包括：制定立法计划或框架，公布国家规划政策，批准区域规划政策，受理对地方规划机构的申诉，直接接受规划申请等（章兴泉，1996）。

不断变化的规划机构并没有影响英国规划一直以来所固有的特征：以国家为主导的自上而下的活动。国家制定总体的政策，每一级规划部门都受其上级规划机构政策的制约，并为下一级规划部门制定战略。这就保证了不同等级规划的连续性，以及规划体系的连贯性。

英国规划体系的另一个显著特点是包含很大程度的自由裁量权，这种弹性化让它更能清楚地体现公众利益，并且能更有效地处理瞬息万变的问题及不断多样化的需求。而规划编制与执行机构的统一让这种自由裁量权得到了进一步的扩张。

与西方别的国家将规划作为一种对未来进行预测的手段不同，英国的规划体系中存在一种有意识的、将未来可能的趋势与公众现有需求相协调一致的努力。这个特点也就奠定了规划编制与实施管理相互统一的基础。这种协调从其规划设置、法律体系及规划编制与实施的运作中得到了充分的体现（见图4-3）。

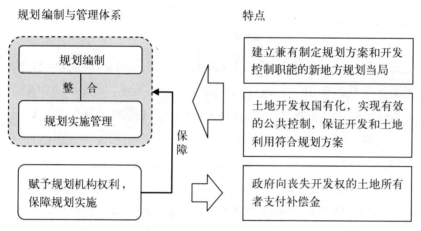

图4-3 英国规划编制与管理体系内容及特点

（2）英国的规划体系

英国的规划体系由两个层面构成（见图4-4）

第一层面是由中央政府制定的关于城市发展与城市规划的政策性"指引"文件，包括《国家规划政策导则》（NPPGs：National Planning Policy Guidelines）、《规划建议要点》（PANs：Planning Advice Notes）和《告示文件》（Circulars）。这些指引文件按需要制定，并且随时间变化不断进行增补或修改，使规划工作既有宏观的国家规划核心法等法律法规的规范与控制，又有具体明确的要求用于指导实施。

第二层面是区域和地方层面，主要受到针对区域和次区域制定

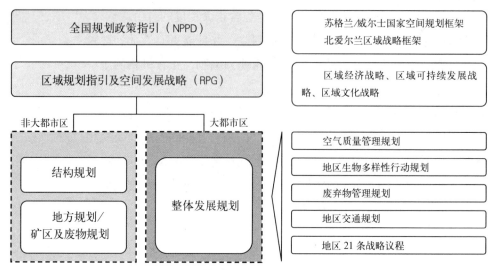

图4-4　英国规划框架（基于英格兰）

的政策指南——区域规划导则（Regional Planning Guidance）的指引。在它的指引下，地方层面的规划分为两类：在非大都市区，郡级以上编制结构规划（structure plans），制定所在区域的发展框架和政策设想并以文字形式陈述，可以提供框图和说明（但不是制作规划图纸）；地区级以上编制地方规划（local plans），矿区则编制矿区和废弃物规划（Minerals and waster plans）对地方发展提供更为明确的规定。而在大都市区（如伦敦），编制整体发展规划（unitary development plans）。

（3）英国的规划法律

规划是政府公共管理的职能，而管理的核心是法律。英国是最早进行城市规划立法，也是城市规划体系最为完善的国家之一。

1）规划法的历史（见表4-1）。自从1909年的第一部城市规划法实行以来，英国先后颁布了20多部规划法。其中，1932年、1947年、1962年、1971年和1990年的规划法称为核心法（Principal Acts），其他的规划法则是修正或补充法（Amending Acts）（唐翔，2000）。

1947年之前，虽然英国规划法经历了一系列演进，但仍未形成完善的规划体系。城市规划的角色比较被动，对于地方发展的指导性也不够强，规划部门与其他机构缺乏合作。

1947年的《城乡规划法》奠定了英国现代城市规划的基础，提

英国城市规划法一览表 表 4-1

《住宅与规划诸法》（1909） 《住宅与规划诸法》（1919） 《城镇规划法》（1925） **《城乡规划法》（1932）** 《城乡规划（过渡时期开发）法》（1943） 《城乡规划法》（1944）	1909 年的第一部规划法标志着规划成为政府管理职能的开端
《城乡规划法》（1947） 《城乡规划（修正）法》（1951） 《城乡规划法》（1953） 《城乡规划法》（1954） 《城乡规划法》（1959） **《城乡规划法》（1962）** 《城乡规划法》（1963）	1947 年的规划法奠定了英国现代规划体系的基础
《城乡规划法》（1968） **《城乡规划法》（1971）** 《城乡规划（修正）法》（1972） 《城乡规划法》（1974） 《城乡规划（修正）法》（1977）	1968 年的规划法确定了完善的发展规划体系
《地方政府、规划和土地法》（1980） 《地方政府与规划（修正）法》（1981） 《城乡规划（赔偿）法》（1985） 《城乡规划（修正）法》（1986）	1980 年以来，英国规划体系面临市场的挑战
《城乡规划法》（1990） 《规划与赔偿法》（1991）	1990 年规划法是英国现行规划法律体系的核心

资料来源：An Outline of Planning Law（Heap, 1996）。
注：黑体代表规划核心法。

出城市规划的目标是国家通过控制土地使用的变化来确保国家所有土地（不仅仅是城市土地）的最佳利用。城乡规划法中对规划体系的构成作了明确的规定，规划体系必须包括：规划编制、规划控制的管理、赋予规划机构权利，保障规划实施。

但是 1947 年的规划法对于形态规划的强调，使其弊端一步步显露。这种描绘未来蓝图式的规划缺乏对新问题出现的应变能力，缺乏对于未知的选择性，对城市的影响因素的多样化和复杂化使得终极结果变得越来越不可知。时间上的不确定性，要求提供多种可能替代的规划指导方案来适应未来不可预见的变化。因此，过程规划渐渐取代了蓝图式规划。

1968 年的城乡规划法提出了二级规划体系，即结构规划和地方规划。经过 1971 年规划法案的修改，现有的规划法即 1990 年城市规划法更为成熟。

2）规划法律机构

从英国的规划政策框架中（见图 4-5），可以清楚地看出现有英国规划法律体系的框架。法律体系分为两个等级，英国议会作为首要立法机构，主要负责制定城市城市规划法案（Acts——指由议会颁布的有关城市规划的法律，包括 1990 年城乡规划法），对规划体系作总体纲领上的控制。中央环境事务大臣（Secretary of State for the Environment）拥有次级的城市规划的立法权和执法权。这就保证了城市规划从编制到管理到实施都在一个统一的系统中运行，确保了各个环节的连贯性与相关性。

中央环境事务大臣对地方政府的执法监督表现在三项法定权力的运用，即：城市规划管理权，城市规划司法权和城市规划、城市开发控制重大议题的监理（Call-in）权（郝娟，1996）。

管理权主要体现在：制定以城市规划法案相关的规章、规则、

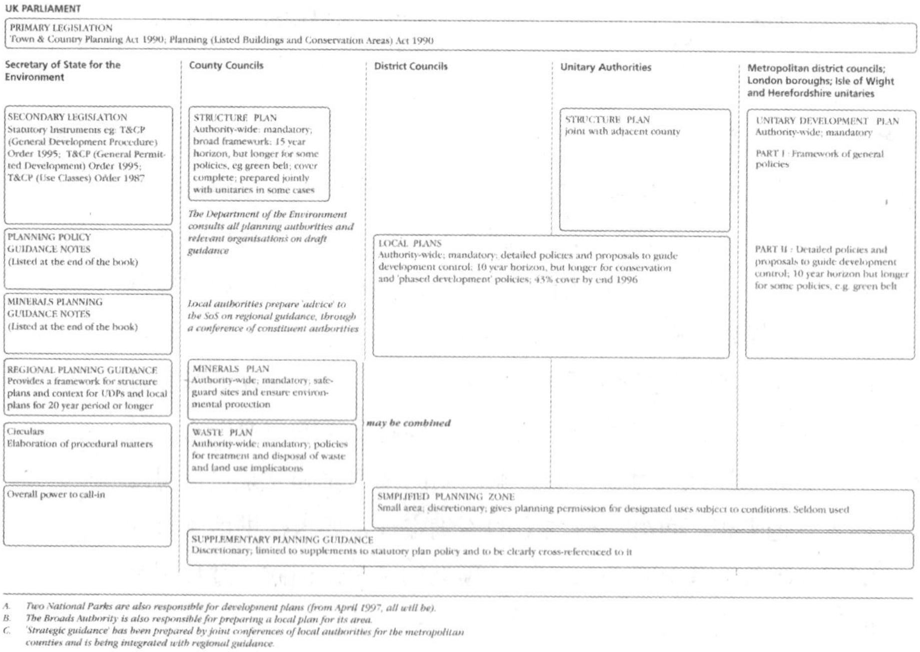

图 4-5 英国规划政策框架
资料来源：Town and Country Planning In the UK.

通告和指令（Regulations、Orders、Circulas、Directions）为主要内容的城市规划法律系统。凡属于国家级的大型开发项目，环境事务大臣都可以自行决定并制定相关的专项开发指令使其合法化（这样地方政府的开发控制权力就被限定在一个较小的范围内，通常仅限于对私人集团或地区级项目）；编制具有法律约束力的城市规划文件系统，包括结构规划（Structure Planning）、地方规划（Local Planning）和整体发展规划（Unitary Development Planning）。法规的制定，有利于对于规划体系的综合指引性控制，而具法律约束力规划文件的编制，则让规划的编制法律效应得到了充分的体现，从而保证了法规的制定源于实际问题并与上级法律一致，规划的编制服从于法规。

司法权主要体现在：环境事务大臣掌握主要的决策权，通过签发规划许可（Planning Permission，简称PP），控制地区的土地开发活动；地方政府控制大部分的实际上执法工作，地方规划局代表地方政府，通过审核批准规划许可对各类开发活动进行控制，尤其是控制私人集团的开发行为；环境事务大臣有合法的权力监督地方政府和地方规划局的工作，确保地方政府的规划管理工作与环境事务大臣的规划政策一致，指导地方规划局在执法过程中正确恰当地运用其规划权力。

由于英国的司法机构不负责城市规划起诉案件，国家司法机构仅对城市规划起诉案件作出法律性的解释，最终的判决权属于中央环境事务大臣。环境事务大臣可以在以下4个方面对地方政府的执法行为进行控制限定：

① 法律允许环境事务大臣直接签发规划许可证而不考虑地方规划局的意见；

② 法律允许环境事务大臣终止地方规划局签发的规划许可证；

③ 法律允许环境事务大臣对所有规划起诉案件作出最后判决；

④ 法律允许环境事务大臣终止地方规划局签发的强制执行通告。

监理（Call-in）权主要体现在：对地方规划，地区整体规划的抽查和审阅，以及对某些特殊的开发项目的开发。中央环境事务大臣对地方规划的内容有权提出意见，并要求地方规划局进行修改。

如果地方规划局拒绝修改，则环境事务大臣有权自己修改地方规划。必须要由中央环境事务大臣作出开发决策的特殊开发项目包括 4 项：

① 开发项目的内容对国家、区域和地方都有重大的经济意义，但是项目内容又已远远超过了正在实施的开发规划所限制的范围。这时，地方规划局则要将该项目提交中央环境事务大臣，由中央环境事务大臣根据其陈述的理由，做出是否开发的决策；

② 跨地区项目的开发，例如矿业开发；

③ 各地方政府极力反对在本地区投建的项目，而这类项目又是国家建设发展需要的；

④ 开发项目涉及到的内容，只能由中央环境事务大臣来做决定。例如：申请对市中心的再开发的项目涉及到强制购买政策。

3）现行规划法内容。根据英国的规划法律全书，英国规划法律的现行体系以 1990 年的《城乡规划法》为核心法，还有一系列从属法规。通过对以前颁布规划法律内容的总结与修正，1990 年规划法在内容与结构设置方面都更为完善，它的主要内容包括：

① 规划机构

各级议会是负责各级规划事务的机构。

② 发展规划（整体发展规划、结构和地方规划）

发展规划编制前的调查工作；规划编制的准备、公众咨询、审批、地方审查；部长关于规划的权力（要求重新考虑规划提议、送审、批准、组织地方审查）；发展规划编制的内容；对于规划的修改等。

③ 发展控制

发展控制的概念；规划许可的需求；开发时序；规划许可的申请；公众咨询；申请决议；部长关于规划申请与决议的权力；单一规划区（Simplified planning zones）；企业区设计（Enterprise zone schemes）；撤消和改变规划许可；规划许可的时效性；其他的控制行为等。

④ 规划影响的赔偿

对于规划许可撤消的赔偿；其他方面的赔偿；总体规定等。

⑤ 一些限制性的补偿

补偿的权利；补偿的量；补偿的要求与支付；补偿的获取等。

⑥ 业主要求规划征购的权利

受规划决议和规则影响的利益；受规划提案影响的利益（不良影响）等。

⑦ 执法

执法通告；通告的停止；对不连续使用区域的强制执行；确定使用的证明等。

⑧ 特殊控制

树木的保护；影响邻里宜居性的土地利用；广告控制。

⑨ 土地征收和分配

规划和公共利益下的土地获取；规划对土地的占有、处置与开发；对于征用的及特定土地的权利的消失；总体和辅助的供应等。

⑩ 公路

部长制定的规章，其他相关机构的规章；临时公路的规章：矿区道路。

⑪ 法定机构的开发活动

⑫ 合法性

⑬ 公有土地

⑭ 财政保障

⑮ 其他

（4）规划编制与实施协调的保障

英国的规划编制是从属于这样一个体系：编制的全部过程，首先源于法律（管理）程序（A statutory requirement），中间的发展也是在相关管理行为人的直接组织、监督乃至参与下完成的（见图4-6）。表面上看，这套程序相当程度上也被我国所借鉴，但我们在对这套程序背后的原理、具体运作内涵等实质性内容的理解和运用上显然有着巨大的差异。

1）规划机构的统一。英国所有的规划活动，即规划立法、规划编制、规划管理、规划审批、规划执行都是在一个规划机构中进行，规划的编制者同时又扮演着管理者的角色。这样做的好处是能够保证规划管理者完全充分地了解规划的内容和规划依据，使管理者不会发生对规划理解上的偏差或错误，更有利于规划管理的进行与效

SURVEY AND REVIEW
A statutory requirement for county councils, London boroughs and metropolitan district councils; survey matters include principal physical and economic characteristics, population and transport. SoS expects plans to be reviewed at least once every five years.

INITIAL CONSULTATION: Plan Brief or Issues Report
Not a part of statutory procedure but it is usual for local planning authorities (LPAs) to undertake initial consultation as the basis of a 'plan brief' or sometimes a more comprehensive 'issues report'.

PRE-DEPOSIT PUBLICITY AND CONSULTATION
1991 Act replaced a formal six week period for consultation with a requirement for the LPA to consult certain organisations and a list of advisory consultees.

A statement has to be prepared listing consultees, publicity measures and opportunities for making representations.

Statutory Consultees
SoS Environment; Wales
SoS Transport
LPAs in the area of plans and adjacent areas
Parish and Community Councils
(except for structure plans)
National Rivers Authority
Countryside Commission
Nature Conservancy Council in England
Countryside Council for Wales
Historic Buildings and Monuments Commission
The Sports Council
Advisory Consultees listed in PPG 12 Annex E

STATEMENTS OF CONFORMITY OR NON-CONFORMITY
Local plans (except in National Parks) must at this stage go to county council which has 28 days to issue this statement. If not in conformity this counts as an objection to the plan.

The SoS scrutinises all plans for conformity with national and regional policy guidance.

NOTICE OF INTENTION TO ADOPT
If there are no objections to the plan after the deposit period the plan can go straight to adoption.

DEPOSIT
The LPA's preferred plan is made available for inspection with the statement of publicity; for six weeks following posting of notices in local newspapers and *London Gazette*; for SPs the explanatory memorandum and a statement of existing policies to be incorporated in the plan without change, is deposited. Objections must be made in writing within the 6-week period and make clear the matter in the plan being objected to – if they are to be 'duly made'.

LOCAL PLAN PUBLIC LOCAL INQUIRY (PLI)
Must be held unless all objectors say they do not want to appear; all objectors with 'duly made' objections have a right to be heard.

An adversarial hearing before an Inspector of the Planning Inspectorate

STRUCTURE PLAN EXAMINATIONS IN PUBLIC (EIP)
A 'probing discussion' into selected topics led by a panel with an independent chairperson. Contributions are made by invitation only, though the hearing is in public.

图 4-6 英格兰规划审批程序

INSPECTOR'S REPORT
Makes recommendations to local planning authority on how plan could be modified to meet objections, including written objections not heard at the inquiry

PANEL'S REPORT
Makes recommendations to LPA on how plan could be modified in respect of matters selected for discussion at EIP only

STATEMENT OF DECISIONS AND REASONS
LPA are not obliged to accept all recommendations (although 9 out of 10 usually are) but they must give reasons for their decisions in each case paying special attention to recommendations rejected

If modifications recommended and accepted

If some or all recommended modifications not accepted

If no modifications recommended

LIST OF MODIFICATIONS AND REASONS

LIST OF MODIFICATIONS LIST OF RECOMMENDATIONS NOT ACCEPTED

LPA can also make 'additional modifications' that do no materially affect plan content, for example to correct and update the content

Any modification which makes a material change to the plan must be listed

Anyone may object to the absence of modifications recommended in the reports

NOTICE OF INTENTION TO ADOPT
If there are no objections the plan may be adopted after the six week period of deposit

DEPOSIT
The Inspector's/Panel's report and the statement of decisions must be placed on deposit for six weeks with any list of modifications and/or recommendations not accepted; notices are served on objectors

Statement of decisions and reasons and Inspector's/Panel's report is made available for inspection

If objectors raise new issues

If objectors do not raise new issues

If no objections

SECOND INQUIRY OR RE-OPENED EIP
This will only take place where entirely new issues, e.g. a new proposal, or if LPA propose to withdraw a modification

STATEMENT OF DECISIONS

ADOPTION OF PLAN
The plan is adopted by resolution of the Council, notices are published in the *London Gazette* and local newspapers and sent to those who asked to be notified

CHALLENGE IN THE COURTS
There is a right to challenge the plan but only on the grounds that the proposals are not within the powers of the 1990 Act or that regulations have not been complied with

图4-6 英格兰规划审批程序（续）
资料来源：Town and Country Planning In the UK.

率的提高。

2）规划权力的集中。虽然不同等级规划的编制是由不同等级的规划机构完成，但是，国家环境事务部对各个等级的规划都拥有直接干涉权。在《城乡规划法》中，每一章节，每一等级规划的制定与批准过程中都明确地提到了环境事务大臣（Secretary of the State for enviroment）的作用。

比如，在《城乡规划法》第二章"发展规划"的"整体发展规划"部分，环境事务大臣的权利包括：

① 整体发展规划呈上后，在地方政府批准规划之前，如果环境事务大臣认为它并没能很有效地解决问题，有权要求地方规划局按照指引重新修改规划。如果规划没有按照指引做出合适的改变，并得到环境事务大臣的认可，则不能够被地方规划局批准。

② 整体发展规划呈上后，在地方政府批准规划之前，环境事务大臣有权要求整体发展规划的部分或全部章节都要经过他的审阅通过；在环境事务大臣作出审阅决议之前，地方当局要停止对规划的审批，规划中其他章节的内容也暂时不能生效；当有特定部门的反对意见提出，环境事务大臣应该对此作出回应，除非在农业部、渔业部和食品部都不再提出反对意见。

③ 批准整体发展规划。对于地方规划局呈上的规划，环境事务大臣可以同意通过或者反对，并提出他所认为与规划相关的政策，不管这些政策是否在规划中有体现；对于所提出的相关政策，环境事务大臣会给规划当局一个他认为合适的解释；在规划的第一部分修改通过后，地方规划局要在剩余部分送审之前作出与第一部分相关的调整，否则要给出不调整的理由；环境事务大臣审核通过的规划，将按照所批准的执行。

④ 组织地方质询，公众参与和咨询。在决定一个规划是否能通过前，环境事务大臣应当考虑所有的反对意见，直到它们与规划相一致为止。

规划权力的集中保证了每一个局部的统一发展，而不是相互割裂甚至冲突。每个地方规划的编制都必须符合上层次的规划政策与战略，并且受到环境事务大臣的监督，充分保证了上级政策的贯彻执行。而环境事务大臣拥有规划的总体调控权，能够保证系统统一。由于规划表达的是多方协调后的最终成果，也是环境事务大臣最终意愿的体现，在具体实施过程中，他能够清晰地了解到规划每一部分自身的内涵、与相关规划的关系，因而能够保证规划的实施真正体现出编制的用意，"按规划的编制执行"，解决好每一环节的问题。

3）规划保障的完善。当然这种完全由一个部门管理所有规划过程的方式难免会表现出视角狭隘，考虑不周全及过分集权等弊端。为了使规划更加民主，英国的规划体系通过"公众参与"和"规划申诉"使规划体系进一步完善。

公众参与主要体现在规划立法角度。英国任何一种类型的开发规划编制过程中几乎都有法定的公众参与程序。公众参与规划的制订被认为是英国规划法规体系的"骨架"（Bare Bones）。通过这种公众的参与，规划的编制就不再仅仅局限于规划机构的"一家之辞"，代表着不同利益的公众，构成了规划编制过程中考虑到的"多元化利益群体"，从而让规划的编制更能体现多方的需求，更加切合实际问题。公众对规划的参与，也促进了规划实施中监督机制的完善。因为公众始终关注着规划的每一过程，并且在大多数环节都有直接的参与，因此也使规划的实施更加透明，更加高效，更加符合多方的利益。

英国在编制规划时，有一条不成文的规定：规划如果被公众反对就必须修改，被公众反对而规划又不修改的条目内容是无效的。尽管规划是由规划部门自行编制，自行审核批准，基本不受中央政府的约束。但是，所有规划，一方面仍然要受制于上位规划；另一方面要受制于民众团体意愿的制约。（郝娟，1996）

以结构规划为例，英国规划中的公众参与包括：

① 在决定结构规划的目标内容之前，郡规划局必须与区规划局就其内容进行民主协商，同时，郡规划局必须与相关的政府部门和社区委员会进行类似内容的商讨。这样，郡规划局给地方的区规划局一个参与的机会，地方的其他政府部门也可以就此获取一个表述自己意见的机会，其目的是使结构规划更能符合各地区的具体情况。

② 结构规划形成阶段，郡规划局必须将结构规划的政策条目和

开发计划连同结构规划附录部分的备忘录一起公布于众展开讨论。参与讨论的可以是本地区的各阶层市民，民间自发组织的委员会，社区组织、群众团体，各区的规划局。

各项立法都规定：郡议会在完成结构规划草案后，必须留出6周的时间，提交给当地有关部门和个人进行评价。参与评价的各机构、团体、市民必须在此时间限定范围内，提交正式的意见书。中央环境事务大臣在审核、批准结构规划时，必须考虑意见书内提及的评论意见或建议。

③ 郡规划局在完成上述的公众参与工作之后，根据公众的意见修改相关的结构规划文件，并对结构规划的内容作出最后的决策，决策意见上报至中央环境事务大臣。在上报中央环境事务大臣的时候，郡规划局还必须以附录的形式，详细说明完成上述两项工作的过程。与此同时，各地方规划局继续将结构规划文件向本地区全体居民公布，进行讨论、评议，一般需要6周时间。

④ 中央环境事务大臣受理郡的结构规划时，如果对郡规划局的公众参与工作表示满意，则审核批准规划工作纳入日常工作议事日程。反之，则将结构规划退回郡规划局，重新进行公众参与工作。

规划起诉主要反映在土地规划法规的执法系统中，用于保障公民的合法权益。英国有关城市规划方面的起诉分为规划起诉和强制执行起诉。规划起诉类可分为3个方面的内容：一是反对地方规划局拒绝签发规划许可证；二是不能接受地方规划局签发规划许可证的附带条件；三是对地方规划局不能在8周之内作出决策而引起的贻误。其中以第二类情况居多。这和国家法律没有提出明确的附带条件的权限界定范围有关。例如，1990年的《城乡规划法案》规定："地方规划当局可以自行提出有关开发限制条件，但必须与城市规划的基本原则一致"。

英国在土地开发控制中，作决策的机构主要限于地方规划当局。地方规划局通过审核批准规划许可控制各类开发活动，尤其是控制私人集团企业的开发。作为对地方规划局的决策限制，开发者可以对不合理的决策意见向法院提起诉讼，法院或中央环境部将依法对规划决策进行法律审核，修正地方规划局的决策。

强制执行起诉可由开发者在 28 天内向中央环境事务大臣提交诉讼状和相关的证明材料。在很多情况下，强制执行起诉判决贻误往往是因为起诉者提供的证明材料不足而引起的。但是，立法规定，起诉者必须在收到强制通告后的 28 天内，提交全部证明材料大纲和起诉理由概要。中央环境事务大臣应在收到全部证明材料大纲和起诉理由的概要后才能进行案件审理。如果中央环境事务大臣因为没有获取相关的资料，不能作出最后的判决，其责任也由起诉者自负。

和其他类型的起诉相似，强制执行起诉案件，在其审理过程中，也必须经过公众调查。因为公众调查耗时过长，人力和资金的耗费也很大。所以，常常采用"书面陈述"的方式。书面陈述只需要原告和被告双方提交有关的说明性文件给中央环境事务大臣即可，而不必就起诉内容举行大范围的公众调查。其缺点是减少了审判的透明度。由于这种方式简单易行，目前有 50% 的强制执行起诉采用了书面陈述的方式，以取代公众调查的形式。除了书面陈述这种方式外，有些地方还采用了"非正式听审"和公众地方调查的形式，取代大型的公众调查的形式。

强制执行起诉案件的最后判决，大多数是由中央环境事务大臣雇佣的规划监察员作出。规划监察员在作出决策之前，必须亲自勘察现场（参与勘察现场的成员还包括原告和被告双方雇佣的律师）。在现场勘察时，规划监察员不得发表评论性意见。此外，规划监察员还得参与各类公众调查，才能对案件做出判决。如果对起诉案件有争议，则由中央环境事务大臣作最后判决。有时中央环境事务大臣委托本部门的高级官员代替其本人对起诉案件作最后判决。无论最终的判决由哪一方作出，起诉判决书必须阐明所作出的判决的理由。

通过以上所述可以发现，英国规划体制中城市规划编制与实施管理的整合内在机制，具体可以通过图 4-7 表示。

（5）实践

英国的新城运动（new town movement）始于 1946 年，主要是通过发展新城要缓解原来城市中的问题与矛盾。当时实行这一政策主要有三个原因：战后，伦敦和英国东南部地区人口增加，为了疏散人口，建设一批新城，主要在伦敦周围；原有的重工业衰落，

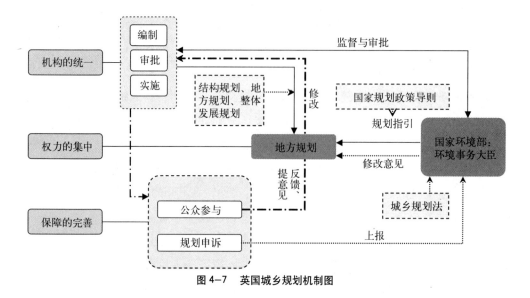

图 4-7　英国城乡规划机制图

为了改变产业结构、振兴经济，建设一批开发新技术的新城，主要在一些工业地区周围；当时估计人口将有较大增长，需要为更多的人提供居住和就业条件。

新城开发与建设涉及功能判定、规划设计、土地开发利用、规划实施等多个环节，为了实现这些基本的目的，英国主要采取了以下措施保证良好的规划与实施的整合：

1）1946 年新城法的通过，使新城建设的各项工作有了一个行动准则。专项法的完善，给了专项规划建设一定的指导性与限制性。立法使部长有可能以政府的名义作出初步的决定，怎样划分土地，怎样进行开发利用等。

2）部长在作出正式决定之前，需要和其他部门及地方政权进行广泛的协商与讨论。这个过程包括一次公开的调查会，会上部长提出具体设想，各部门提出建议，部长对建议作出具体的解释和回答。

3）在听取了具体意见并细致考虑后，部长作出是否把建议付诸实施的决定，并发布最后的命令，划出建设新城的用地。

4）部长委派一个开发公司来规划和建设新城。公司可以委任自己的工作人员和专家顾问，组成小组领导整个建设计划的执行。由于这种工作富有吸引力和号召力，一开始就吸引了许多规划、建筑、土木工程、经济、房产管理、法律、社会学、行政管理和社会关系方面的高水平的专家。这些工作人员组成一个小组在一名总经理指导下工作。总经理在整个开发公司的工作效率方面向董事会直接负责。工作人员可以把全部精力都放在工作上，也不必受分散主义和多头领导之苦，而这些都是英国地方政府制度的特点。

5）在开发公司作出具体方案时候，需要制定出新的方法来测试民意，分析人们的反映。有需要的话，修正或更改提案，以便得到最大多数人的支持，如果没有广泛得到人们的认可，则得不到最终批准。

6）负责新城建设的开发公司和地方政府保持密切联系，并根据法律规定，每建设一项工程都必须征求地方政府的意见，但最后决定权属于部长。地方政府也参与建设工程，如学校、民用建筑、救火站、福利设施、老居民住的房屋，有时也包括新道路和给排水设施。

7）法律规定政府负责供给开发公司所需的全部资金，包括工资、各种费用、设备、购地、服务设施（如道路、下水道、供水等）等，以及建设住房、商店、工厂和其他建筑物所需的资金（弗·夏菲尔，1983）。

4.1.3 其他国家城市规划概述

（1）美国城市规划

1）规划机构。在美国国务院专门设置了国家首都规划委员会，每一城市都有相应的规划单位，并收集和汇总了城市规划和发展的系统资料。与英国不同的是，美国的土地利用规划与控制主要是地方政府的责任。在许多方面，州法律决定地方法规的内容及规划和土地利用控制的法律程序（金广君，1986）。

2）法律体系。美国的国家宪法没有提及地方政府，地方政府是各州自己通过立法产生的，其权力（如征税、发行债券、法庭系统及规划法规等）也是由州立法赋予的。同时，地方政府也必须履行州立法所规定的责任和义务。因此，地方城市的规划法规基本上是建立在州立法框架之内的。

具体而言，美国的城市规划法律体系包括联邦规划法规、州规划法规和地方规划法规。

联邦规划法规：主要指 1920 年，从有利于经济发展的角度出发，美国的商业部（Department of Commerce）1922 年出台的《州分区规划授权法案标准》（Standard State Zoning Enabling Act）和 1928 年的《城市规划授权法案标准》（Standard City Planning Enabling Act）。这两个法案为各州在授予地方政府规划的权力时，提供了可参考的立法模式。法案肯定了分区规划和总体规划的合法地位，并在全国范围内加以鼓励和提倡。联邦规划法规的主要原则是基金引导为主，法规控制为辅，以充分调动地方的积极性，有效地达到控制的目的。

州规划法规：美国采用的是联邦政府与各州分权而治的政体。各州在政治、经济和法律等方面相对自治，各州有自己的宪法、法律和税收体系等。目前，大多数州规划部系州政府的一个分支，为州长及内阁提供政策咨询和建议。大多数州规划法案是针对特殊地区（如环保脆弱区、历史风景区、增长发展区）而制定的专项法规，往往不是全覆盖型的，相当于在地方政府的规划法规之外，增加了一个控制层面，二者在内容上一般不重叠，具有各自独立的法律效力。

地方规划法规：包括区域规划、城市总体规划、分区规划、土地分块管理（Subdivision controls）及其他控制方法。美国的国家宪法没有提及地方政府，地方政府是各州自己通过立法产生的，其权力（如征税、发行债券、法庭系统及规划法规等）也是由州立法赋予的；同时，地方政府也必须履行州立法所规定的责任和义务。因此，地方城市的规划法规基本上是建立在州立法框架之内的。

3）规划实施的保障。区划法（Zoning）：美国的区划法产生于第一次世界大战期间和战后，当时美国的规划工作对城市功能分区特别重视，实用性日益明显。1916 年纽约市通过区划法，对土地使用性质分类、土地利用强度以及环境指标进行了规定。区划法实现了分地区对城市进行管理和建设，使区划工作走上了正轨，从而使规划并未成为限制城市建设的工具，而是成为指导人口增长、土地利用、区域经济活动的手段。

土地分块管理（Subdivision）：这是一种与区划法相类似的城市管理手段，它通过立法形式对未经分块的土地加以控制。对街道的放线、市政工程设施、地段的大小、停车场面积等提出了一定的要求，土地分块使用的申请要满足这些要求才得到规划部门的批准。通过土地分块管理，规划当局拥有足够的管理城市的权力。

地价法则（Land Value）：这是与区划法和土地分块管理相辅相成的一种经济管理手段。在美国各市政当局的主持下，城市规划部门负责编制该城市的地价分布图。确定地价的原则一般以区位、交通、通信、城市基础设施、服务网点等条件为转移，在城市基础设施完善、交通便捷、易于获得信息、服务网点密集的城市中心区其地价往往比城市外围或郊区高出数十倍。中心地区地价最高的地段称为高峰地价十字路口，简称PVI。地价法则是利用经济杠杆来指导和管理城市建设和开发的一项有效措施，也是投资者（包括国家、财团和个人）估算企业投资成本的重要根据。在规划的开发区内，政府对凡符合区划法、土地分块管理和建筑法典的投资项目提供优惠地价，以此诱发实业家的投资意向和确保城市规划的实施。

区划法和土地分块管理从宏观上确立城市的功能分区，确保土地利用的合理性，它是管理城市的法治手段。地价法则是确保法治和科学方法得以实现的有力的经济措施。（金广君，1986）

4）规划编制与实施管理的整合。按照不同尺度的大小以及不同角度，通过不同的方法对规划编制与实施进行整合。

在大的尺度方面，通过区划法进行分块编制与管理，便于规划编制与管理的协调。因此，规划的编制不会成为限制规划管理的工具。

在中小尺度方面，以土地的分块管理来落实，其中规定了对细部的要求，从而为规划管理提供了可执行的权力。

与以上二者从空间上的控制不同，地价法则则从经济角度进行控制，有利于对于规划编制与管理的全过程控制。

（2）日本城市规划

1）规划机构。日本是立法、行政、司法三权分立的国家。根据法令，行政在全国同一个制度下执行，城市规划也不例外。土地利用规划的用途，区域划分的种类以及申请用纸的格式等，一切都是在全国统一制度下进行的。因此，分析国家的法令对于了解城市规划制度非常重要。

有关城市规划的事务，主要在建设省的都市局、住宅局里设了很多课，由他们来执行城市规划。除此之外，也根据内容，可以由国土厅、农林水产省、通商产业省、环境厅来管。在县级和自治体实行的城市规划的有关行政事务，从表面上看好象是地方的行政事务，实际上是作为国家（即建设省）的行政事务来执行的。

2）法律体系。城市规划方面最基本的是《城市规划法》（1968年政令第100号）。日本城市规划法律体系是以城市规划法为中心，加以其他组块共同组成。

国土利用规划法等的组块。整个国土的规划，以城市区域为首，可分类为5个区域。5个区域有5个规划法。针对城市区的法律是城市规划法，其他4个规划法按其形式来说相当于姐妹法。这4个法是：针对农业地区"关于完善农业振兴区域的法律"；针对森林的"森林法"；针对自然公园地区的"自然公园法"；针对自然保护区的"自然环境保护法"。

在城市规划的内容上，适合义务性的各种规划组块。这包括：①有关国土综合开发法和首都圈完善法、工厂规则法等国土规划和区域规划；②主要以高速公路（国道）法等国家的重要设施规划为中心。

与城市规划制度关联而产生的其他法律组块。例如，有关土地征用方面的"土地征用法"，农业用地转用于住宅地的"农业用地法"等。这种法律很多，根据计算方法不同不计其数。

具体规定城市规划的计划、规则、事务等各个侧面的法律组块。核心是城市规划法。但是，它们是只能确定，以"规划"方面（以及"规则"方面的开发许可制度）为首的基本框架。实际上许多规定多数都委以个别法之中。即在"规划"中的很多规定都让给建筑基准法，而在"事业"方面是委以城市再开发法等，并按其事业类别做了详细的规定。

3）城市规划制度的基本结构。日本的城市规划制度基本结构是：首先划定"城市规划区域"，然后，决定"各种城市规划"。为了实现这两项模式而去做"规则"和"项目"的工作。在这里最重要的问题是决定城市规划的主体，就是说"决策者"的问题。城市规划的计划、规则、项目，绝不是在全国范围内实行，而是在特定的一部分地区实行，这一特定地区被指定为"城市规划区域"。

在城市规划法中的"城市规划"应该成为"为了使城市健全的发展，有秩序的整备，有效利用土地，完善城市设施以及市区开发事业的计划"。原则上，在城市规划区域内制定如下 8 个项目（渡边俊一，1994）。

① 对于市区化的区域和市区化控制区域内，应采取整备和开发，或者保护的方针；

② 制定地区规划等；

③ 要划分市区化的区域和市区化控制区域；

④ 制定区域地区；

⑤ 城市设施；

⑥ 制定市区开发项目；

⑦ 制定促进区域；

⑧ 制定预定区域。

(3) 德国的城市规划

1) 规划机构与体系。德国的城市规划可分为两个层面：城市的土地利用规划（F-Plan）和各个社区的建造规划（B-Plan）。

土地利用规划（F-Plan）：城市的土地利用规划属于城市规划的战略层面，反映的是一个城市政府对自己城市空间配置的战略构想和意图。城市土地利用规划与城市的社会经济发展目标相配合，把一个城市的社会经济发展战略落实到城市的土地利用上。德国的城市土地利用规划由各城市的规划局负责编制，城市的规划局是编制城市土地利用规划和管理城市市域所有土地的专门政府机关。城市规划局的工作对象是明确的：本市市域范围内所有土地的规划和管理。所以，城市的土地利用规划，即 F-Plan 构成了城市规划局工作的核心。

社区的建造规划（B-Plan）：社区建造规划属于城市规划的开发实施管理层面，反映城市土地利用规划在每一小块城市用地上的具体落实，具有法律效应，任何城市建设活动都必须按照 B-Plan的具体指标和规定进行。B-Plan 由最低一级的政府社区负责组织编制，在 B-Plan 没有编制完成时，任何城市建设活动都是没有法律保障的。

2）法律体系。德国城市规划的行政体系和立法体系分为联邦级（Bund）、州级（Land）和社区级（Gemeinde）三个层次。德国在统一后共有 16 个州，各州具有自己的独立宪法，但州立法律必须符合联邦基本法的原则和联邦相关法。

立法方面以中央集权为主，而管理方面则强调地方自治。联邦的专属立法权有外交、国防、货币、铁路、航空事项以及部分税法；各州的立法权包括基本法及联邦没有规范的事项，国家大部分的行政工作由各州独立处理，州负责整个内务管理。州的管理任务可分为三类：①执行属于州管辖的任务（例如学校、警察、区域规划）；②独立执行联邦法（例如建设规划法、企业法、环境保护法）；③受联邦委托执行联邦法（例如修建联邦公路、资助教育等）；社区是德国的最低一级政府，社区有权在法律规定的范围内自行管理本地事务。社区的自治法规主要包括城镇内的公共交通、道路建设、供电、供水、供气、城镇建设规划，还包括学校、剧院、博物馆、医院、运动场及游泳池等设施的建设和维护。

3）城市规划编制过程。德国的城市规划的编制按照联邦的《建设法典》和州的法律规定，以及社区公共管理条例规定进行，分为以下 6 个阶段：

① 初步决定编制规划，草案准备阶段：编制城市规划的决定，必须在全市或全社区范围内公开宣布。与通知规划决定同时进行的是，社区的公共规划部门或者从外部请来的规划事务所和机构开始着手进行规划的草案编制。在这个阶段，经常把与本规划相关的其他公共部门的代表请来，共同参与规划草案编制。

② 前期公众参与，初步方案阶段：城市或社区编制城市规划时，必须向市民公布城市建设的不同方案草案，包括将要开发建设的建筑、土地的不同使用以及关于道路的走向和线性等内容。具体的参与过程包括正式报纸上的公告和公开通知文件，特别印制的规划宣传册和传单，规划管理部门为此特别设置的专门接待时间，规划地段的现场接待，还有规划展览会和全体市民大会等形式。

③ 公共机构和相邻社区参与阶段：按照德国的《建设法典》，在编制城市规划的时候，还应尽早地通知与规划相关的各公共管理部门和各社会公共利益团体。一般情况下，规划编制机关和机构要将规划的草案附上《说明报告》或者《规划依据》邮寄给这些相关的部门和团体，并请他们在一定的限期之内，发表各自的看法。

④ 第2轮市民参与，规划图公开，新的争议，再权衡阶段：除了在开始时有市民公众参与外，《建筑法典》还规定在城市规划《说明报告》或《规划依据》草案拟定后，必须将规划的方案公开1个月，这就是所谓的第2轮市民公众参与阶段。一般情况下，是在社区代表机构批准规划草案后，进行决定方案公开的第2轮市民参与阶段。从公开方案的决定到正式公开悬挂之间的时间至少是1个星期。向市民公开规划方案的内容包括：

（一）规划内容（规划类型、精确的位置和界限、规划的有效范围）；

（二）有关内容的处理（街道、接点、就业岗位）；

（三）方案的公开日期（开始和结束之日）；

（四）方案公开的具体时间（星期几、几点到几点）。

在第2轮市民参与阶段，如对规划有不同的建议和反对意见，都可以以书面和口头的形式提出来，城市和社区政府以记录稿的形式汇入规划编制工作的档案。如果规划草案有比较大的改动，这个过程还将重复举行。

⑤ 公共部门与私人相互协调和权衡，社区决定权衡结果，确定最终方案阶段：社区政府必须针对不同的建议和批评，做进一步补充调查，或者邀请一部分专家进行专项审评。对于被采用的想法和建议，或者不被采用的想法和建议，社区政府都必须正式通知提交建议和方案的市民，并说明采用或不采用的理由和原因。社区政府必须针对不同的建议和批评，作进一步补充调查，或者邀请一部分专家进行专项审评。对于被采用的想法和建议，或者不被采用的想法和建议，社区政府都必须正式通知提交建议和方案的市民，并说明采用或不采用的理由和原因。

⑥ 确定规章制度和法规，批准和宣布指令，执行规划阶段：经过社区的代表机构审定通过，规划方案就成为正式的《建设指导规

划》。在编制 F-Plan 的时候，没有特别规定的法律形式，而在编制 B-Plan 时，规划本身成为一个法律文件，并按照法律文件规定的形式进行公布和执行（吴志强，1998）。

4）规划编制与管理的整合。规划机构的统一：城市规划负责城市土地利用规划的编制和城市市域所有土地的管理工作，并不存在规划局和土地局共存的情况。城市土地利用规划的编制既是规划局工作的主要任务，又是其进行土地利用管理的依据。

法律效力在不同层次规划中的体现：除了城市土地利用规划具有综合法律效力外，反映具体地块落实的社区规划同样具有法律效应。其中规定了具体城市建设规划的指标和要求，是保障城市具体建设活动的依据。

4.2　国内相关实践经验评述

任何城市规划的改革、优化，最后都不可避免要涉及规划编制与实施管理的整合问题。对于国内城市规划改革的实践，本节以我国城市规划改革成效显著的深圳市和广州市为例，对它们的有益经验进行探讨。

4.2.1　深圳市城市规划实践经验

（1）法定图则规划体制

深圳市城市规划主要包括城市整体规划和详细规划两个层次，并分为城市总体规划、次区域规划、分区规划、法定图则和详细蓝图 5 个城市规划编制阶段。深圳市借鉴国外"区划法"和香港推行法定图则的经验，并于 1996 年底逐步推行。法定图则以适应深圳市实际情况的程序为基础，使规划决策与规划执行分离，使规划决策公开化和民主化。"法定图则将规划标准片区作为规划管理的基本控制单元，以协调片区整体功能，完善市政与公共配套设施的配置，合理确定地块的开发强度，加强对建设行为的控制力度，实现规划的法制化管理，减少规划实施与管理的盲目性和随意性"（薛峰，1999）。

　　1）法定图则的概念和基本内容。法定图则是经法定程序批准成为法定文件的，主要是深化和落实分区规划中的各项指标。根据《深圳市城市规划管理条例》第十九条的规定，法定图则是指在已经批准的全市总体规划、次区域规划及分区规划的指导下，对分区内各片区的土地利用性质等方面作出详细控制规定。重点是对分区规划所确定的各项指标进行深化和落实，经过法定程序批准后为成法定文件。具体内容包括（薛峰，1999）：

　　① 总则：阐明规划依据、适用范围、生效日期和解释权所属部门。

　　② 土地利用性质：以"地块控制指标一览表"的方式阐明对各类不同性质地块土地利用性质的具体控制要求。

　　③ 土地开发强度：阐明对各类不同性质地块开发强度的具体控制要求。

　　④ 配套设施：阐明对木片区内各地块各类配套设施（包括公共设施和市政设施两大类）的规划要求。

　　⑤ 道路交通：以条文的方式阐明本地区道路系统的功能分级和交叉口形式，并提出对社会公共停车场（库）、公交场站以及商业步行街系统的控制原则和措施。

　　⑥ 城市设计及其他有关规定：针对重点地段提出维护主要公共空间环境质量和视觉景观控制的原则要求。

　　2）法定图则的成果表达。法定图则是根据法定条例规定程序批准的"法定文件"，成果主要包括文本和图表两部分，见图4-8。文本是指经法定程序批准并由深圳市城市规划委员会主任签署生效的具有法律效力的规划控制总图及其附表。图表是指经法定程序批准并由深圳市城市规划委员会主任签署生效的具有法律效力的规划控制总图及其附表。在编制"法定文件"之前，先编制作为制定"法定文件"的基础技术支撑和解释性技术说明的"技术文件"。技术文件主要包括规划研究报告和规划图等。

　　3）法定图则的运行机制（薛峰，周劲，1999）

　　① 编制体制

　　a）规范法定图则的编制范围。根据制定的《深圳市规划标准分区》，把深圳市全市域范围划分不同的编制片区，对全市的规划信息

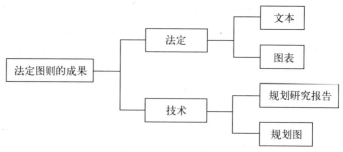

图 4-8　法定图则的成果

资料来源：薛峰，周劲．城市规划体制改革探讨——深圳市法定图则规划体制的建立．城市规划汇刊，1999。

进行长期跟踪。

　　b）法定图则的编制实质上是通过技术进行立法的过程。因为法定图则具有法律效力，其编制的深度和成果的表达都必须规范和标准。目前制定了的《深圳市法定图则编制技术规定》（试行稿）和《深圳市城市规划标准与准则》将作为深圳市规划的地方性实施标准。另外，法定图则对编制单位和编制者有较高要求：编制单位资质要高，编制队伍要稳定。

　　c）法定图则的操作程序中注重编制的反馈机制、编制周期（一年）和多部门参与机制。这使得法定图则具有动态性和公共性特点，规划管理能与城市规划建设的发展与现实相衔接。

　　② 审批体制

　　a）法定图则的审批部门是"深圳市城市规划委员会"，共 29 名委员，其中非公务人员至少 15 名。非公务人员委员是以个人身份获得委任的，具有本市户籍的有关专家和社会知识分子组成的，经过公开推选后由市政府聘任。《深圳市城市规划委员会章程》中规定了规划委员会的构成与操作机制，以保障市规划委员会的正常运行。

　　b）法定图则审批程序中，公众参与被赋予法律效力，法定图则草案需要对公众进行公开展示一个月，收集并认真审议公众意见。公众参与是规划法制化的重要手段，使规划决策公开化，公共利益也得以体现，见图 4-9。

　　③实践评价

　　深圳于 1998 年推出的法定图则制度在城市规划管理方面起到了

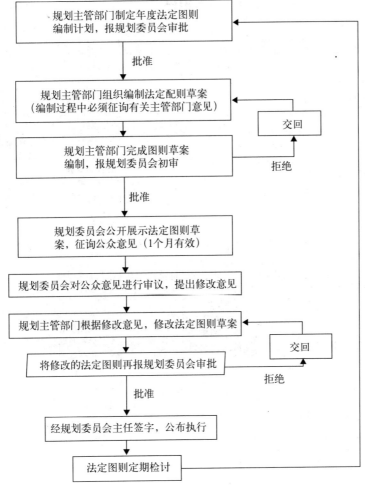

图 4-9　深圳市法定图则编制与审批程序示意图

资料来源：薛峰，周劲. 城市规划体制改革探讨——深圳市法定图则规划体制的建立. 城市规划汇刊，1999。

示范作用。法定图则制度解决了空间产权和公共利益的协调与决策问题。在实施过程中，结合深圳市规划委员会的审批决策机制的有效实行，顺应了深圳社会经济发展趋势的需要，取得了较好的效果。

（2）深圳城市规划委员会

1998 年《深圳市城市规划条例》通过地方立法的形式确定了深圳规划委员会的法定地位。深圳城市规划委员会是一个决策性委员会，开创了国内城市规划委员会决策职能的先河（见表 4-2）。委员会的决策权主要在于对法定图则拥有最终的审批权，从而在决策方

国内外规划委员会类型及特点 　　　　　　　表4-2

	深圳	武汉	厦门	上海	香港	美国（纽约）
机构性质	法定非常设非官方机构	法定非常设非官方机构	法定非常设非官方机构	法定非常设非官方机构	法定非常设非官方机构	法定常设非官方机构
是否有决策权（控规层面）	审批权（终审权）	审议权	审议权	审议权	审议权（其终审权由行政长官和立法会共同决定）	审议权（其终审权在议会）
人员构成	公务员、专家、社会人士	公务员委员和专家委员	公务员、专家和社会人士（非公务员不少于1/2）	公务员委员和专家委员	政府部门负责人、官员、专家、社会人士	市长任命规委主席和6名成员，每个自治区（共5各行政区）各选1名代表，公众提1名
主要功能	决策＋咨询	审议＋咨询	审议＋咨询	协调＋咨询	审议＋咨询	立法咨询
决策方式	2/3以上多数表决通过	会议作出的决议必须获得与会委员2/3以上同意	半数通过审议，作为审议和决策的主要依据	讨论后主任决定	1/2以上多数表决通过	
下属机构	发展策略委员会，法定图则委员会、建筑与环境委员会	常委委员会，控规一法定图则委员会、专家咨询委员会	发展委员会、法定图则委员会、建筑与环境委员会	专家委员会（3个）	都会规划小组委员会和乡郊及新市镇规划小组委员会	
工作机构	秘书处	办公室	办公室	办公室	秘书处	
办公机构地址	规划局	规划局	规划局	规划局	规划署	
会期	全体会议每年度1次，各专业委员会会议根据需要不定期召开	全体会议每年2次，常务委员会每月1次其他专业委员会不定期召开	每季度	不定期	每个月2个星期五举行	
经费来源	无独立经费		政府拨款	独立经费	独立经费	政府拨款
主要负责人	市长	市长	市长	市长	房屋及规划地政局常任秘书长	
工作机构负责人	规划局长	规划局长	规划局长	规划局长	规划署副署长	
成员数量	29人（14名公务员，15名非公务员）	51人（31名公务员，20名专家）	8名公务员，11名非公务员	约12人（均为行政领导）	40人（33名非官方成员）	约10人（纽约为13人）
成员产生	政府任命和聘任	政府任命和聘任	政府任命	政府任命	政府任命和聘任	城市行政长官提名，立法机构批准
任期	5年	5年	5年		1～2年	5年

资料来源：郭素君．对深圳市规划委员会身份的人士及评价．城市规划汇刊，2006，26。

面实现了决策与执行的分离。

1）基本构成

深规委的成员共有 29 个，既有公务人员又有非公务人员。非公务人员至少 15 名。由市长担任主委员，常务副市长和主管城市建设的副市长担任副委员，市规划主管部门首长和业务主管首长分别担任秘书长和副秘书长，其余公务人员委员由各区区长、计划经贸口、文教卫口、农林口、城建口等代表组成。另外，深圳市规划委员会分设 3 个专业委员会：发展策略委员会、法定图则委员会和建筑与环境艺术委员会。法定图则委员会的主任委员由深圳市规划委员会秘书长兼任，副主任委员由副秘书长兼任，共有 19 名委员组成。其他委员由市规划主管部门及有关部门的公务人员代表、有关专家和社会人士组成。其委员由市政府聘任，任期 5 年，各专业委员会的委员由市规划委员会聘任，任期 5 年（郭素君，2006）

2）法定图则委员会的主要职责包括（郭素君，2006）：

① 对规划主管部门提交的法定图则年度编制草案提出审议意见；

② 审批法定图则或对指定由市规划委员会审批的法定图则草案提出审议意见；

③ 负责协调法定图则草案编制过程中各行业主管部门之间的意见分歧，及对社会公众的各类申诉作出裁决；

④ 负责监督法定图则的实施，并对已批准法定图则范围内的地块修改申请和对违反法定图则的建设行为的申诉提出裁决意见；

⑤ 市规划委员会授予的其他职责。

（3）城乡规划督察员制度

所谓城乡规划监督员制度就是为了加强城乡规划的层次监督，防止地方政府过分干预城市规划而建立的以"到位不越位、监督不包办"为督察员工作原则，以现有的多种监督形式为基础的一种监督制度。"规划督察员接受住房和城乡建设部、省政府的委托，由国家和省规划督察办选派，驻扎在指定城市，对地方政府和有关部门的规划和建设工作进行督察和指导"。中国城市规划设计研究院从规划监督员的选取和管理、规划监督员运作机制和方式、制度的法律效力以及地方政府之间的关系等问题都作了一定研究（黄林等，2006）。

督察员的主要工作思路是：整个督察过程中要本着"到位不越位、监督不包办和公平公正"的原则，全面跟踪规划的前、中、后期工作计划实施情况。事前查阅相关资料，参加部门会议；事中勘测实地情况，深入调查，听取来自政府和市民等各方面的信息和反馈意见；事后查看督察区域规划过程中有无违法违规现象并予以制止和查处。督查的主要内容有规划的编制和调整以及重点项目的规划许可是否符合法定程序；总体规划强制性内容和国家历史文化名城保护规划以及国家重点风景名胜区总体规划是否严格执行；群众有反馈意见的项目和关注的问题是否及时得到处理。

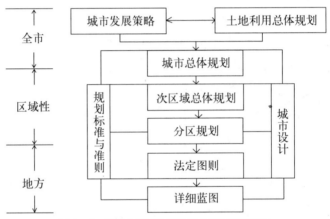

图 4-10　深圳市三层次五阶段规划体系示意图

资料来源：张志斌. 深圳城市规划：体系建立与制度创新. 地理学与国土研究，1999。

4.2.2　广州市城市规划实践经验

（1）广州城市总体发展概念（战略）规划

广州"城市总体发展概念规划"实质上是针对广州城市发展所作的"概念性的战略规划"，概念规划更多的是一种工作的方法，它是在番禺、花都完成撤县并区，从化、增城撤县并区提上议程的背景下提出的，其目的是应对辖区管理范围扩大及行政区划调整，减轻骤增的城市规划编制任务和加入 WTO 后中心城市地位逐渐削弱的压力，力求在一个比较短的时间内在现有规划的基础上寻求整体发展的优化方案，实现城市整体效益的最大化，提高竞争力。强化广州在华南地区中心城市的地位，实现成为现代化中心城市的宏伟目标。

在工作组织上，广州概念规划分为"咨询"和"深化"两个阶段，充分体现了学术民主和决策民主的结合，其规划的成果已经具有相当的综合性。2000 年 6 月，广州市城市规划局邀请国内五家规划设计单位参加广州城市总体发展概念规划的咨询工作，并于 9 月组织召开了由 13 名全国知名专家、各部门领导及相关机构参加了战略规划研讨会；2000 年 12 月市政府就广州整体发展策略、思路和方向等重大问题再次召开"广州总体发展战略规划（深化）研讨会"（广州市规划局等，2001）。

概念规划对广州城市的长远发展和现实的建设安排有着积极的指导作用。它强调与城市发展政策紧密结合，并注重规划的管理实施。目前大部分城市的总体规划在规划编制的思路、内容和方法上仍难以摆脱传统规划观念的束缚。在市场经济下的城市发展迫切需要与之相适应的规划指导。因此，从广州城市发展的实践来看在对一些问题比较集中且复杂的大城市进行城市规划之前进行概念（战略）规划是十分必要的。另外，由于在探讨和深化过程中有政府部门全程参与并反映了相关领导的一系列的建设决策和建议，整个规划编制过程为管理者和技术部门进行协调提供了有利条件，从而使规划的成果能够逐步得到实施。

（2）构建"规划管理部门 ＋ 规划编研中心 ＋ 规划设计单位"模式

1）编研中心的建立及其意义

通过对广州市城市规划需求以及所面临的压力和挑战的论证分析，2000 年 6 月广州市城市规划编制研究中心正式成立（以下简称编研中心），建立了"局抓两头（规划项目计划、规划项目审批），编研中心抓中间（规划项目前期研究、招投标、中期跟踪、项目论证与成果评审）"的编制组织机制（施红平，2005）。编研中心成为城市规划编制与实施管理的纽带，提升了规划编制工作水平和规划管理能力，同时增强了政府与市场的沟通。由于它的基本定位比规划设计更贴近城市政府，比规划管理更贴近技术研究；编研中心的成立加强了规划编制和规划管理的互动机制，保持了管理信息和决策信息的畅通，从而保障了规划编制的可实施性和规划管理的可操作性。

经市编办批准的编研中心的职能为 6 项（施红平，2005）：第一，根据广州市经济社会发展目标，开展城市发展战略研究；第二，承担城市规划、城市设计等规划任务的编制组织工作；第三，承担重大规划项目前期研究、重大规划与建筑项目设计招投标组织工作；第四，承担规划技术文件转化为行政管理文件的有关工作；第五，承担城市设计和实施规划的政策与技术标准研究；第六，组织编制城市规划法定图则。

广州市编研中心在城市规划实践中发挥着重要的作用。第一，为规划管理提供有力的技术依据和有效保障。编研中心实现了城市规划编制组织和规划行政审批的适度分离，参与工作计划的制定及各个层面的规划设计的组织编制工作。建立了规划编制成果向管理文件转换的机制，使得规划编制与规划管理实施之间的"瓶颈"现象得到缓解。第二，近期规划和远期规划、分阶段规划与总体规划的动态衔接。编研中心的设置，既保证了近期建设规划的有效及时的实施，又保证年度实施计划的滚动编制，实现了分阶段规划目标和总体目标的动态转换。第三，建立了以规划管理单元为基础，以"一张图"工程为目标的规划管理图则新模式。通过已实施和已批准的各层次的规划与规划管理动态信息在一张图上的整合，在"一个网"的信息支撑和"一本书"的法律准则支撑下，提高规划成果的可操作性、规范性，使规划编制和管理过程有据可依。第四，提高工作质量和效率。城市规划是一个长期、连续的过程，这就要求规划和管理工作不可能通过阶段性的、单独分散的项目来实现；同时，城市规划又是一个动态的过程，这就需要及时获取信息，动态更新。因此，编研中心的成立，将规划编制、设计、管理以及各方面的信息集中，建立一个统一的基础平台，不但可以节省政府的行政成本，还可以大大提高城市规划编制成果以及规划管理的质量和效率，并为政府决策提供参考依据。

2）落实项目组织编制与成果转换机制

① 城市规划编制与管理的科学化。编研中心负责立项申报、组织编制、技术协调工作并协助规划局进行审查批复和跟踪实施等。首先，进行项目前期研究，编制项目建议书，认真研究项目开展的

背景、必要性、可行性、技术路线和具体日程安排等；其次，拟订任务书或技术文件，作为规划设计单位验收或技术审查的依据；再次，规划项目编制审核。在规划项目编制期间进行项目的中期跟踪，保证规划编制的质量和科学性，协调编制与规划管理目标的一致性。任务书或技术文件"编制后提交项目所在部门的负责人初审、再提交中心负责技术的领导审核，最后邀请专家组成技术评审组审定。咨询、竞赛或招标的项目，则由咨询、竞赛委员会或招标领导小组审定或者由咨询、竞赛委员会或招标领导小组授权技术审查委员会审定"（潘安，2006）。

② 建立技术成果向管理文件转换的机制。编研中心承担城市设计和实施规划的政策与技术标准研究，并在完成规划编制后将成果文件转换成城市规划管理工作中易于遵循和执行的技术标准和程序，加强了规划的可实施性和可操作性，克服了规划管理真存在的随意性和主观性等现象。

③ 编制与实施管理的绩效评价和监督。编研中心评价已完成的城市规划编制在实施与管理过程中的绩效，同时研究城市规划实施过程中出现的问题，提出解决问题的方法措施，保障规划成果的切实落实。

(3) "三个一"工程

2004 年初，广州市规划局提出了以"一张图"为工程核心、"一本书"为参考依据、"一个网"为信息支撑的"三个一"的工程建设目标。三者在城市规划的编制及实施过程中相辅相成，为广州城市规划和管理打下坚实基础。

1) 分区规划及控制性规划导则"一张图"

"一张图"工程实质上是一种转换过程和机制，它将图示性很强的城市规划编制的成果文件转换为在规划管理中易于遵循的"界限"和可操作性强的技术标准和操作程序等管理依据。广州市通过深入调查研究各区的规划现状和编制分区规划和控制性规划导则，以规划管理单元为基础，将广州市历年来已经实施和批准的各层次规划、城市规划管理动态信息整合到"一张图"上，建立起规划管理图则新模式，逐步实现面向日常工作管理的"一张图"工程目标；作为技术载体的规划管理单元由一个或多个不同的地块组成。它以单个地块的指标统计和管理范围作为指导性内容，以较大范围的指标统计和管理范围作为强制性内容，使规划的灵活性和权威性并存。同时，在吸收历年规划有利因素的基础上编制分区规划及控制性规划，以强制性内容和指导性内容为标准强制执行，保证了规划管理的刚柔并济。

2）城市规划技术标准与准则"一本书"

针对广州城市规划管理中出现的地方性管理法规和实施细则自相矛盾的问题，规划管理部门为了规范城市规划管理，提出了建立一个统一的城市规划技术标准与准则——"一本书"工程。这是一个符合广州城市规划管理实际需求的工程，并有着一套完整的规划管理技术标准与准则。因此，立法后为广州市城市规划管理各部门提供了法定的管理依据，使城市规划与管理更合法更规范。

3）统一信息交换平台"一个网"

在多年信息化工作的基础上，为了整合各级相关单位的数据等信息，广州市城市规划局又提出了一个主要内容为信息整合及共享的项目——"一个网"工程。它主要是通过城域宽带网络将市局、各分局及相关单位的信息进行联通，建立起规划系统范围内的一个信息的统一交换平台，逐步实现系统范围内的信息共享，使城市规

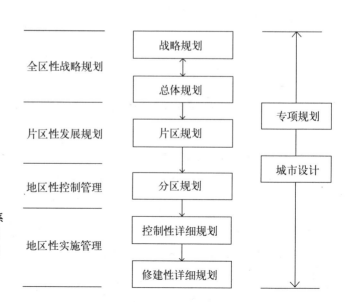

图 4-11 广州城市规划编制体系
资料来源：洪再生，杨玲. 转型期我国特大城市规划编制体系的创新实践比较. 城市规划学刊，2006。

划与管理更全面更便捷。

4.3　小结

　　发达国家城市规划系统从其本国实践需要而言，已经比较完善，而从上述的多国实践来看，这种完善是建立在规划编制与实施管理协同整合的基础上的。不过，也应当看到，这也是由其稳定的社会、经济、法律、文化机制决定的，与高素质的国民素质、人民对城市规划的理解、规划传统的积淀等因素密切相关。因此，尽管国外城市规划的先进理论与实践经验对我国城市规划编制与实施管理的整合有十分重要的借鉴意义，但是由于我国基本国情，社会、经济、法律、文化等各因素仍然处于变化之中，并且城市规划发展历程较短，我们不能在短期之内达到国外城市规划的发展阶段，因此也不能生搬硬套国外城市规划系统。国内深圳法定图则、广州城市规划编研中心的出现，标志着我国整合城市规划编制与实施管理的努力已经有了实质性进展，但是如何在现实环境中协调"人治"和"法治"，法定图则、编研中心在运行中也出现了各种各样的问题。应该看到，这些问题产生的根源大多不在于这些新机制本身，而更多地在于宏观经济、社会、政治等环境的影响，所以对于法定图则等目前能够发挥的作用应有一个客观清醒的认识，在此基础上立足我国国情，逐步吸纳先进理论与实践经验，循序渐进地整合城市规划编制与实施管理。

　　对国外城市规划的先进理论与实践经验的借鉴，可以从以下几个层面入手：首先是从整体上把握城市规划的系统性，加强各因素之间的密切协同；其次是从法律上保障城市规划的权威性；再次是面对社会生活实际情况灵活调控的发展观点；最后是培养国民城市规划素养的教育理念。国内虽然在理论上仍然没有很清晰地描绘出整合城市规划编制与实施管理的路径，在实践中二者的结合也遇到了一些问题和阻力，但是所有这些探索都是进一步研究的基础，尤其为我们思考符合中国国情的整合理论积累了经验。

第5章 构建中国特色的城市规划编制与实施管理整合机制

5.1 一般理论基础与整合机制构建的原则

5.1.1 基础理论概述

城市规划编制和实施管理的不协调、不整合的问题，需要以系统性的、整体性的观点建立有针对性的整合理论去解决。而协同理论是在相关理论基础上发展而来的，所以本节旨在概述规划整合理论的基础理论。

从另一个角度讲，实践—理论—再实践是毛泽东同志《实践论》的精华，城市规划学科的发展也是遵循这样的过程模式的。整合来自城市规划的实践，若不及时总结归纳并形成理论，那么原规划实践中的整合就会止步不前，就得不到提高，更谈不上升华了。

在城市规划过程中，存在着整合的作用，正是这种作用在推动着城市规划的进步。但没有针对城市规划的整合理论支撑，原整合作用只能是低中级的、朴素的，难以有后劲向高级的、理性的整合发展冲刺，所以规划整合理论是非常需要的。研究发现，为什么应该整合、怎样整合的问题，其答案在系统论、协同论和精明增长等理论中得到了比较充分的启示。归根结底，城市规划面对的是一个系统性的客体，而这种行为本身，也必然是一种系统性的行为。而对于一个系统而言，其效用的实现必然要求各要素之间的有机整合。系统整合的方式方法在协同论中得到进一步的阐述，而精明增长理论为城市规划行为的系统整合则提供了更加具体的指导。因此，本节将集中综述分析这三个理论，并阐述它们与城市规划的相关性。

（1）系统论

系统思想有其发生和发展的历史，它有四种基本来源。即中国传统系统思想、西方传统系统思想、马克思主义奠基人的系统思想及现代系统思想的兴起。

系统论是系统科学的哲学；系统学是以系统为研究和实践对象的科学。系统学方法是用科学理论解决复杂问题的一门技术，以系统论为理论基础将研究对象作为一个系统，分析系统的模式、原则和规律，并对系统进行数学描述。注意事物的整体性、结构层次性及技术方面与社会方面的联系，对事物的发展实行动态的预测和反馈监控，是系统方法的突出特点。而整体性、层次性、开放性、目的性、稳定性、突变性、自组织性和相似性形成了系统论的 8 条基本原理；结构功能相关律、信息反馈律、竞争协同律、涨落有序律和优化演化律组成了系统论的 5 个规律。

1）系统论的基本原理。

整体性原理：指系统是由若干要素组成的具有一定新功能的有机整体，各个作为系统子单元的要素一旦组成系统整体，就具有独立要素所不具备的性质和功能，形成了新的系统质的规定性，从而表现出整体的性质和功能不等于各个要素的性质和功能的简单加和。

层次性原理：是指反映系统各组织具有质的差异的不同的系统等级或系统中的等级差异性。

开放性原理：指系统具有不断地与外界环境进行物质、能量、信息交换的性质和功能，系统向环境开放是系统得以向上发展的前提，也是系统得以稳定存在的条件。

目的性原理：指组织系统在与环境的相互作用中，坚持表现出某种趋向预先确定的状态的特性。

突变性原理：指系统通过失稳，从一种状态进入另一种状态，是一种突变过程。

稳定性原理：指系统有自我稳定能力，可以保持和恢复原来的有序状态、结构和功能。

自组织原理：指系统可以自发组织起来，使系统从无序到有序，从低级有序到高级有序。

相似性原理：指系统具有同构和同态的性质。

其中整体性原理是系统最为鲜明、最为基本的特征之一，系统只所以成为系统，首先就必须要有整体性。"当我们讲到'系统'，我们指的是'整体'或'统一体'。"（贝塔郎菲，1987）。"强调整体是由相互关联、相互制约的各个部分所组成的。系统工程就是从系统的认识出发，设计和实施一个整体，以求达到我们所希望得到的效果"。（钱学森，1982）。

系统中各部分各要素之间是通过相互作用联系起来的，其相互作用是非线性的相互作用，这就使得系统具有了整体性。系统中的每一部分都影响着整体，反过来整体又制约着部分。部分和是否等于整体，其实质就在于部分之间有没有协同作用。部分之间如果具有协同作用，那么就其有这种协同作用所决定的性质而言，部分和大于整体；部分之间若没有协同作用，实际上是不存在相互作用，仍然是各个独立的，那么就这种互不相关的性质而言，部分和等于整体；部分之间也存在着协同作用，但这种作用不是协同的相互作用，它们没有造成所论方面的整体优势，其结果就可以表述为部分和整体。

2）系统论的基本规律。系统论的基本规律是关于系统存在基本状态和演化发展趋势的必然的、稳定的普遍联系和关系，是比系统论原理具有更大普遍性的一种对于系统的一般性的把握。

结构功能相关律：结构和功能是系统普遍存在的两种既相互区别又相互联系的基本属性，揭示结构与功能相互关联和相互转化就是结构功能相关律。

信息反馈律：信息反馈在系统中是一种普遍现象，通过信息反馈机制的调控作用，使得系统的稳定性得以加强，或系统被推向远离稳定性。我们把揭示信息反馈调控影响系统稳定性的内在机制概括为信息反馈律。

竞争协同律：系统内部的要素之间以及系统与环境之间，既存在整体同一性又存在个体差异性，整体同一性表现为协同因素，个体差异性表现为竞争因素，通过竞争和协同的相互对立、相互转化，推动系统的演化发展，这就是竞争协同律。

涨落有序律：系统的发展演化通过涨落达到有序，通过个别差异得到集体响应放大，通过偶然性表现出来必然性，从而实现从无序到有序、从低级到高级的发展，这就是涨落有序律。

优化演化律：系统处于不断的演化之中，优化在演化之中得到实现，从而展现了系统的发展进化，这就是优化演化律（魏宏森，1995）。

3）系统论应用的启示。

第一，系统整体性原理向我们提供这样的启示：系统间的相互作用→产生整体性→而这个作用至关重要，影响到系统的有序→系统的功能只存在于与环境的相互作用→关键是系统之间如何作用的→协同作用。

协同：是同心合力、互相配合，是协作同化，趋于平衡有序。规划的协同，就是要将城市规划系统各子系统（比如编制系统、管理系统等）纳入到一个整体。整体性原理完全可以解释这样的协同。即各子系统存在着非线性作用，这个作用就是要把各子系统有机组织起来，使之成为一个有机整体，使子系统走向协同，是系统论整体性的基本目标。在城市规划体系中，也完全可以通过诸要素诸子系统的协同，产生一种整体作用大于部分作用的效果，并以自己独特的整体性特征区别其他系统。

城市规划整体系统中的诸系统，诸要素之间的相互配合，相互作用尤为关键。即它们间协同作用力的大小是决定系统秩序的关键。所以，既然研究问题必须从整体性的角度，那么就必须从协同作用开始，单独地研究城市规划的某一方面，如规划的程序、规划的理念、方法等，都不可能去确切地认识问题的本质。更实现不了解决某大系统无序的问题。所以协同地予以研究，并寻找一种"协同力"，在城市规划的整体中，去寻求答案，至为重要。

整体性要求注重协同，会站在另一高度俯视子系统，从而高度地支撑着子系统发挥作用，控制着它向有序的方向发展。

第二，系统论的研究方法思路也给了我们很大的启示，其基本工作程序见表 5—1，研究思路见图 5—1。

该方法和思路，体现了整体性的原则，隐含着相互间的作用，启示了我们协同的思路。

第三，系统的规律向我们提供了这样的启示：规划编制与实施管理之间，具有也应该具有信息反馈制度，通过信息的不断反馈和

系统方法基本工作程序　　　　　　　　　表 5-1

工作步骤	工作内容	要解决的难点
一	目的或问题的定义与表述	问题是什么
二	确定目标和评价标准	
三	系统分析	有哪些方案可供选择
四	系统综合	
五	系统选择	
六	系统实现	何种方案最佳

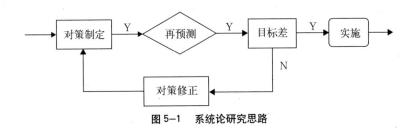

图 5-1　系统论研究思路

调控作用，可以增加城市规划系统的稳定性，可以增加城市规划的调控能力（叶晓军，2000）。

（2）协同学

协同学（Synergetes）一词来源于希腊文，意思是协同作用。20 世纪 60 年代，德国著名学者 H·哈肯教授在研究中发现，激光是一种典型的远离平衡状态时的由无序转化为有序的现象。哈肯教授又在考察分析了许多不同领域中非平衡有序结构形成过程后，发现它们有着有序结构形成的共同特点，即一个由大量子系统所构成的系统，在一定的条件下，子系统之间通过非线性的相互作用产生协同现象和相干效应，使系统形成有一定功能的自组织结构，在宏观上便产生了时间结构、空间结构或时空结构，出现了新的有序状态。H·哈肯教授就提出了协同学的理论，把它作为研究大量子系统组成的系统在什么条件下产生相变，以及相变的规律和特征的一门综合性学科。其定义为：协同学是关于非平衡系统的自组织理论。研究开放系统内部各子系统之间通过非线性的相互作用产生协同效应，使系统从混沌走向有序，从低级有序走向高级有序，以及从有序又转化为混沌的具体机理和共同规律。

另外，H·哈肯把协同学也定义为关于子系统合作的科学，从而协同学也就是一种关于子系统之间通过竞争和合作形成系统整体的科学。竞争与协同是对立的统一，任何整体都是以它的要素之间的竞争为基础的，而且以"部分之间的斗争"为先决条件。但这里的竞争是与合作、协同相联系的竞争，是以协同和合作为基础的、是与协同和合作不可分离的相竞相争。协同强调的是事物或要素之间要保持合作性、集体性的状态和趋势。自然界存在着四种基本相互作用，这四种基本相互作用使的整个世界维系起来，成为一个协同整合的世界。一个系统之所以叫做系统，是因为系统中的要素通过协同作用结合成为具有一定稳定性的系统整体。协同在系统的发展演化发展过程中，使系统具有稳定性、整体性，即协同反映了系统演化发展之中的确定性、目的性因素。

1）协同学的基本原理。协同学的基本原理有序参量原理、绝热消去原理、涨落原理和自组织原理。分述如下：

序参量原理：子系统总是存在着自发的无规则的独立运动，同时又存在着子系统之间关联而形成的协同运动。这其中存在着一个临界点或分界点，见图5-2。既子系统独立运动起主导作用时系统呈无序状态；随着控制参量的变化，系统到临界点后，关联度就增强。就出现由关联起主导作用的协同运动，序变量就是系统相变前后所发生的质的飞跃的标志。

绝热消去原理：它是采用某种模型去描述前述对应的相变过程，并通过模型找出子系统之间耦合或关联关系。

涨落原理：子系统的独立运动以及它们各种可能产生的局部耦合，加上环境条件的随机波动等，都反映在系统的宏观量的瞬时值，

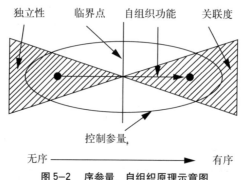

图5-2　序参量、自组织原理示意图

这种偏离它的平均值的起伏现象即涨落。

自组织原理：系统在相变前后外部条件并未发生质的变化，却依然可以形成一定的结构，它是在一定的环境条件下内部自身组织的结果，对这种自身组织结构的描述即自组织理论。即外界以无序形式给系统提供能量和物质，然而，自身组织结构能够把这些无序形式的能量和物质转变为有序的形式。同时，环境不提供系统之间关联的转化条件，系统是不可能产生自身组织的。

2）协同学应用的启示。从上述原理描述中，我们可以看出：系统之间的协同合作可以产生宏观的有序；序参量之间的协同合作决定着系统的有序结构。那么在对城市规划编制和实施管理系统中，也同样如此。

①城市规划编制与管理系统中，如果我们通过控制有关因素（参量），比如规划观念、规划机制、规划体制等，就可以达到由无序到有序的临界点，就可以通过关联起主导作用的协同运动，达到规划编制与管理系统的耦合。

②创造一定的规划环境条件，研究整体的协调和协作，充分激发系统的内部自身组织功能，就完全可以在系统内部形成"有组织的世界"。

③一个有大量子系统构成的城市规划系统，如果其内部各个子系统间（如规划编制系统和规划管理系统），通过相互作用达到了协调一致的行动，即产生了协同作用，那么在宏观上就必然会出现新的有序结构。

④相关规划控制要素（序参量）之间也存在着竞争与协调，而它们之间的协同合作同样也决定着系统的有序结构。就是规划观念、机制、体制之间也要协同，也要共同发挥作用。这样，就会给出这样的直观描述：规划编制系统与规划管理系统，客观上具有自我组织协调一致的功能，但需要一定的环境条件，需要对规划观念、机制、体制予以控制，促进它们之间的协同一致，并共同作用于规划编制与实施管理系统。

⑤城市规划系统自身客观上也具有自我组织协调一致的功能，但也存在无序的规律，需要整合规划系统的作用，合理的规划系统

可以调控规划对象，减少其无序性，使之逐步走向有序。

（3）精明增长理论

1）精明增长的基本原理。在美国，面对城市建设用地无序的增长和蔓延，开始全面重新审视和系统研究建设用地的增长。20世纪90年代中期，提出了"建设用地增长管理的规划"，并在西雅图的规划中予以体现："奔向可持续的西雅图：一个管理城市增长的规划"，探讨了进行"混合型规划"进行城市空间增长管理的新途径。包括：①城市增长过程中的经济费用和社会代价；②城市发展和居民生活质量的内在关系；③中心城市的活动和郊区发展长远性的结合；④保护公共空间和合理使用有效空间等明确提出了对增长的管理（Growth Management）。在继承以往空间研究成果的基础上，美国的ParrisN.Glendenings首先提出了以"精明增长"（Smart Growth）的理论和模式，是继可持续发展、新城市主义等理念之后的新的规划理念（王训国，2000）。

"精明增长管理"的理念是重塑城市和郊区的发展模式，改善住区和城市的总体质量，达到经济、环境、社会的协调和公平。

该理念从抑制城市空间的"蔓延"，防止将新区开发与旧城更新隔离开来的发展模式的角度，来解决城市发展过程中的空间增长问题，使大城市地区成为可持续工作和生活的优良区域（Tom Angotti，1999）。

继1997年率先在得克萨斯州的奥斯汀市予以实施来，其理论在美国的多数城市得到了进一步的研究和运用，如北卡罗来纳的州、波特兰市、亚特兰大市，尤他州等（Don Chen，2001）。

2）精明增长管理理论的启示。这里用"理念"或许比用"理论"更确切些。一是因为它正在逐步成熟，二是因为在美国的许多规划都含有这样的类似的理念，也就是说我们可把此理念更加泛化。概括起来主要以下四方面的启示（Faisal Roble，1999）。

①上升到高一层面去寻求对策——区域协同。为了解决城市建设用地无序蔓延所带来的诸如绿色空间减少与环境恶化、财政靡费、生活住宅质量下降等问题。新理念把它们放大到大的区域背景和范畴内寻求它协同发展（精明增长管理目的是为了发展，而不是为了抑制）。

这样就会避免狭隘的对抗带来的对策思路受限，克服了就事论事，无济于事的思路和结果。子系统中绝对对抗的因素，在大系统中会显得淡化，会有与之协同作用的其他要素，会有强有力的协同机制。

②在可居住的邻里问题之间寻找协同。首先，加强相邻社区间的协作，把相邻社区作为一个综合、可持续、协同的系统和以社区为基础的策略中一部分，这使得社区的发展可以更有效地开展。其次，涉及邻里的诸多资源内素，如果加之梳理、整合，使之协同作用增强，必然会使社区的邻里问题得到平衡解决。再则，在规划设计方面，采用"综合性功能"的复合设计，即提倡土地的混合使用，达到功能间的协调平衡。

③全过程的协同运作。精明增长管理不是针对城市发展、社区发展某一界面的，而是从规划设计、公众参与，建设、管理、资金运作等各层面的协同出发，进行全过程的引导，甚至采取强硬的政策手段，防止因"短缺"作用带来的"顾此失彼"和效果不佳。

④规划、政策和管理的协同。这一点与"新城市主义"有许多相似之处，即土地利用规划本身，在内涵和外延方面都有很大革新：土地分类规划：确定空间增长政策；土地利用规划：指明各项土地利用的区位；文字政策规划：包括环境、社会、经济、住宅和基础设施的内容；开发管理规划：为指导增长和资金问题而安排好建设标准和程序。由此可以看出：空间规划不是一个完全的规划，它必须与其他的规划相协同，才能成为一个完整的规划。

在这种三位一体的规划中，还特别强调了新的理念和目标，即政府间和政府内部（规划与条例之间）的协同一致，基础设施与新的开发项目的协调同步，经济开发与增长控制的平衡等。

3）精明增长管理理论的借鉴。由上述结论的归纳可以有如下结论：

①各类规划须与相关规划协同。单纯的一个规划不能称其为一个完整的规划，或者说不能保证规划的有效实施，必须向管理的规划方向发展，必须用文字型政策的规划来弥补图纸规划的缺失，必须有相应的运作程序机制和财政的支持规划作保障。通过规划、政策管理的协同达到规划有效实施的目标。也就是说，必须要对现有

规划的模式和内容进行整合和革新。

②多视角高层次的协同。有两方面的含义，一是跳出规划看规划，把规划的全过程看作是一个对象，不孤立对待某一环节，而注重过程中各层面的协同运作。对全过程中的每一环节及环节之间都应有相应的规划策略。即要对规划的过程进行整合与革新。二是站高一个层次看规划。把本层次规划遇到的矛盾，纳入到高一层次的系统中，降低矛盾的"级别"，寻求矛盾体之间的协同，比如对规划编制与实施管理在内容上的不整合，可以放在规划机制的系统中整合解决，甚至可以放在规划观念、机制、体制整合的系统中解决。这样，通过诸因素间、诸系统间的相互作用，就会较彻底有效地解决内容上的不整合。

5.1.2 规划整合理论释义

（1）定义

目前在学术界尚未有关规划整合理论的定义，且每个学科，如哲学、系统论、地理学、社会学、城市学和建筑学等，都可以从本学科的角度和理论范畴定义规划协同理论。本书将城市规划编制与实施管理定义为：城市规划编制与实施管理的整合理论是系统整体地分析城市规划编制与实施管理的关联性及影响要素，从城市规划的观念、城市规划机制和城市规划体制等方面，研究和构建某一方面和几个方面之间的协同关系，并共同作用于城市规划编制与实施管理的全过程，使该系统逐步向有序目标发展。

（2）特点

从定义中，体现了如下4个方面的特点：

1）系统地、整体地研究城市规划编制与实施管理之间的关联性及环境影响条件，是构建规划整合理论的基础。

规划编制和管理系统的独立性是造成不整合的直接因素，必须强调其整体性，这样，编制和管理系统才能得以具有一种规定性，才可以进行演化、改进。没有整体性，就意味着编、管系统的改进、演化就会走向崩溃。离开整体的分析，是片面的分析，是不可能将编制和管理系统整合成一个有机的整体的。

2）规划观念、机制和体制等各要素之间的非线性作用是整合理论的重要特征。

观念、机制、体制及规划编制和实施管理各要素之间的相互作用是不可简单叠加的，即不可线性作用，表现出来的是其整体的相互作用不再等于部分相互作用的简单叠加，观念、机制和体制，编制与实施等部分不可能在不对整体造成影响的情况下从整体之中分离出来，上述的每一部分都是相互影响、相互制约的。

3）外部环境条件作用下的规划系统内各部分自身组织调节是整合理论的手段。有两层含义：一是规划编制与规划管理系统之间存在着自我的调节到协调的机能，是具备了协同的基本前提的；二是外部环境条件如果不是确定的，自我调节是难以达到的。所以，观念、机制、体制一方面作为环境条件要逐步稳定，另一方面它们从某种意义讲也属编制和管理系统的内部因素，也具有自身组织调节对象协同的机能。

4）将城市规划编制与实施管理系统从无序到有序，再到更高层次的有序（优序）是整合理论的目的。

孤立的编制或管理系统自身总是自发趋向于自我的平衡，但是从热力学第二定律中可看出，孤立系统的"熵"（系统混乱程度）也总是趋向于它的极大值，即孤立的编制系统和管理系统同时也具有向无序发展的趋向。所以我们要改变一些如观念、机制、体制等的条件，限制编管系统向无序的趋向。同时，要利用在一定条件下系统能自发形成有序结构的原理，调整条件使编制管理系统走向有序，并在此基础上，研究新因素，构建新的协调，使规划编管系统向更高层次的协调协作迈进。

5.1.3　规划整合机制的原则

有了规划整合理论的定义，分析了其特征，如何去具体构建一个整合机制框架呢？首先要把握好以下原则：

（1）整体性

不能仅就编制系统或管理系统自身谈整合，必须把两者看作一个整体来研究，这样才能具备从高一层面对之更为准确地分析和判断的条件，才能解决编制与管理系统的不整合。

（2）全过程

不能仅就城市规划系统中的某一过程孤立地研究，比如规划编制系统中的编制前期、编制制订、编制审批、编制更改四个过程，仅孤立地看一个环节是无法解决整合问题的，必须研究从编制前期到编制更改的全部过程才有可能对规划编制系统内不整合因素分析出来，并加以解决。

（3）多要素

对于规划编制与实施管理整合的要素，仅从规划观念或机制或体制某一方面研究显然是不行的，因为编、管系统是上述三个方面共同作用的结果。

（4）实践针对性

本构建是针对城市规划编制与实施管理的协同，并同时要充分考虑在规划实践中的可应用性、可操作性。

（5）逐步完善

立足对现有规划模式的改善、改良，打好基础，逐步向对现有规划模式的重构努力。

（6）先战略后战术

首先构建战略层面协同理论，明确概念和大的关系，然后，在此基础上，提出战术性的、实施性的总体构建，层次鲜明。

5.2　基于中国国情的城市规划编制与实施管理整合机制

5.2.1　战略构建框架（见图5-3）

该战略构架的目的是：

1）先在宏观层面明确概念并予以把握；

2）力图体现思路的清晰性；

3）对实践性总体构建提供指导。

5.2.2　战略构架释义

重点说明：为什么必须有这样的整合？如何整合？第二个问题

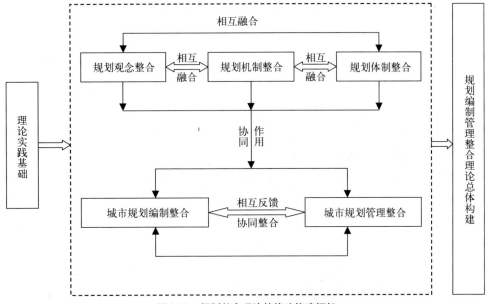

图 5-3　规划整合理论的战略构建框架

只是在宏观层面、立论角度论述（重点讲关联），具体如何整合主要在第三节论述（如何实施关联）。

（1）总构架释义

该构架表达了对规划编制与管理实施如何整合的思路，其整体本身就是规划编制与管理整合理论战略的直观描述。它的构思，一是来自于大城市从一般到个体规划实践的总结，二是来自于相关理论的运用支撑。它的结果是指导规划编制与管理实施协同理论的构建。该构架中表达了三个层次的协同整合：

1）作为整合要素的规划观念，规划机制和规划体制组成一个已经整合的影响因素系统，共同作用于将规划编制与管理作为一个整体的对象系统，构成整合理论的主从框架。

2）构成影响因素系统的是规划观念、机制和体制之间相互协作融合的结果；构成对象系统的是规划编制与规划管理之间相互反馈、协作调整的结果。

3）规划观念、规划机制、规划体制、规划编制、规划管理五个子系统分别也是由组成该子系统的各要素协同整合的结果。

要进一步说明的是，在实施运作的过程中，层次间界限是相对模糊的，比如第一层次和第三层次间也是会有协作关系的。

（2）影响因素的涵盖性

1）规划观念、机制、体制作为整合的影响要素，总体上全面的、基本的要素都被涵盖其中。

规划观念：涉及规划的看法和思想，是对规划思维的结果。包括对城市规划的理解、计划与市场经济、规划目标确定的固定性、理想与现实性、主动性和被动性、"管"与"理"、立足终点的合理还是过程的合理、技术性和社会性等。

规划机制：指规划的内在工作方式及构成各部分的相互关系。包括规划的内容、规划的程序、规划的方法、规划的制度等。

规划体制：指规划的机构设置，领导隶属关系，管理权限方面的体系。包括规划法制体系、规划政策体系和规划经济体系等。

2）我们是立足规划来论述的。规划的观念、机制、体制，实际上指的是针对规划的观念、机制、体制，规划之外的因素已经反映在其中。

规划的市场经济观念、社会观念等，已将市场经济的规则引入其中，已将社会问题考虑其中。规划的机制，从其内容、制度、方法、程序等方面，都是在城市环境的框架中予以论述的，规划体制则更是超出了规划的范畴，涉及到了城市的决策体系、经济体系和相关的法规体系。

3）纵使再列举，仍有不全面存在，没有包罗万象。但这的确是最主要的影响方面。在复杂的系统演化协同过程中，这是主要矛盾。"它规定成影响着其他矛盾的存在和发展"、"捉住了这个主要矛盾，一切问题就迎刃而解了"（毛泽东《矛盾论》）。一些次要的矛盾方面，举不胜举，但属于较为次要或影响力较小的因素。

（3）观念、机制、体制之间的整合

1）三者必须协同。我国城市规划编制与管理实践中所出现的种种缺陷和"失调"程度，并不是由单一的某方面因素所引发导致的，更不是，也决不是仅孤立地研究"改善"规划观念、机制和体制所能解决的（况且，独立的去研究某方面，也不可能达到真正的改善）。三者之间的确存在着相互关联和相互影响的客观属性。所以必须依赖三者的协同作用力，必须达到三者协同发展的目标。

2）如何协同。三者之间的协同关系是一个圆弧上三个串联的结点。两者的相互作用协调，产生局部的外挂协同。三者的相互作用协调，产生内部的同心圆——整体协同，见图 5-4。

三者之间的关系是互为因果，循环往复，螺旋上升的协同。如：观念的更新协同必然会促进机制和体制的更新协同，而机制和体制更新协同以后又会带来更高层次的更新协同，然后再促进机制和体制的更高层次的更新协同……永无止境。必须有根绳子把三者拎在一起，这个绳子就叫协同，如图 5-5 所示。

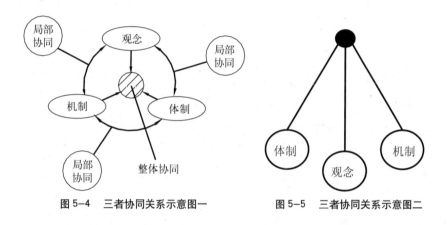

图 5-4　三者协同关系示意图一　　　　图 5-5　三者协同关系示意图二

我们也可以认为它们如同三种不同的橡胶泥揉合在一起，成为一件作品。从整体上看这件作品的质感、外形、色彩等，不会发现它分离起来所看不到的各自其中的缺陷，并改进之。

观念、机制、体制从概念上讲就是这样的协同过程。

（4）规划编制与管理之间的整合

1）两者必须协同

第一，前面已经大量论证了建设用地增长的无序和规划失控的根本原因就在于规划编制和规划管理的不协同；第二，规划编制和规划管理都是完成一个规划过程的组成部分。两者不协同，就意味着一个规划过程没有完成或其结果是失败的。第三，只有从建立两者协同关系的角度，才会更加广泛、更加明确规划编制与规划管理存在的缺陷。才能够更加准确地解决建设用地无序增长的问题。

2）如何协同

首先，要将两者内部的运作从程序环节上予以划分，以便寻求更为可操作性的协同方案。规划编制从其实践上可以分为四个过程，即：编制前期、编制的制订、编制的审批和编制的更改；规划管理从其操作上也可以分为四个阶段，即：管理的准备、管理的过程、批后的管理及管理法规的完善。

第二，两者之间协同的重要手段是相互参与，相互反馈。也就是说规划编制要贯穿规划管理的四个阶段，规划管理也要融入规划编制的全过程。规划编制和规划管理系统在各自整合的基础上，在信息、观点、成果、策略和决策等方面不断地相互反馈、相互磨合。

第三，两者之间的协同运作，在具体操作中，直观地表现是在各自运做环节上的相互关联协同。自身的某一个环节会对应着对方的几个环节，反之亦然。它们之间的协同也基本上都是双向的。

（5）影响因素和对象之间的整合

图5-4的上半部分即规划观念、机制、体制的组合，为影响因素系统；图5-4的下半部分即规划编制和规划管理组合对象系统。我们研究的方式就成为影响系统与对象系统的协同。这里要着重说明的是影响系统是协同作用于对象系统的，而不是影响系统中的某一组成部分（观念、机制、体制）单一作用于对象系统，也不是影响系统协同作用于独立的规划编制或规划管理，更不是影响系统中的规划观念、机制、体制分别独立地作用对象系统中的规划编制和规划管理。这是本战略构架中最基本、最高层面的构思立论。

5.2.3　总体构建框架

在战略构建框架之下，需要建立一个实施层面的总体构建，以对规划实践中的整合给予操作性指导，具体框架如图5-6所示。

5.2.4　总体构建释义

总的思路是在整合理论战略构建的框架下，细化战略框架的内容，对各外部整合影响系统中的规划观念、规划机制和规划体制要素，

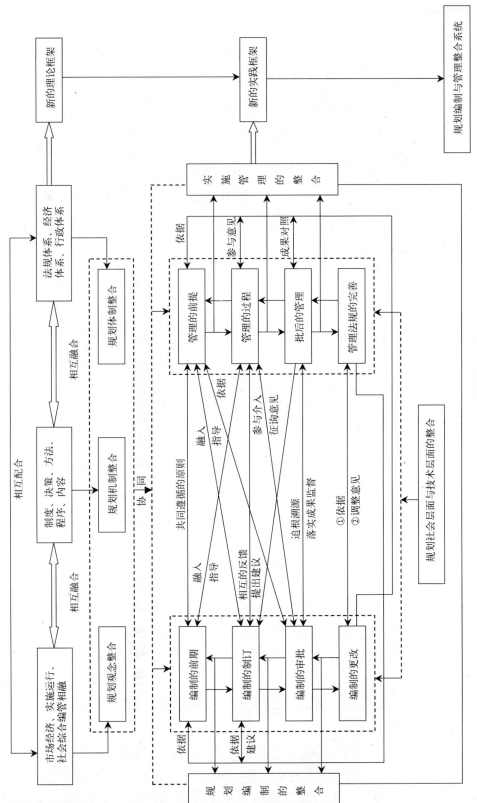

图 5-6　规划整合理论的总体建构框架

对对象系统中的规划编制和规划管理要素从内涵上逐一展开并分析关联性，提出如何进行规划整合的理念和措施。

（1）规划观念、机制和体制所包含的内容

1）规划观念。规划观念的更新与否，直接影响到可否建立一个更新的规划机制和体制。新的、发展的、正确的规划观念是城市规划实践过程中首要的灵魂问题。规划观念包含的内容较多，本书仅从抓主要矛盾的方面入手，从对规划的协同有重要影响作用的角度，也是从目前"缺失"或"滞后"的观念方面，应从如下几个方面去分析、研究，见图5-7。

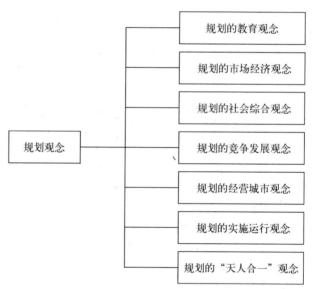

图5-7　城市规划观念更新内容

2）规划机制。作为城市规划内部的工作方式和内容各部分相互关系，是规划实践中最为直接的操作层面，也是最为直观面对各种建设行为的部分，同样也包含许多的内容。但归纳起来，其主要内容如图5-8所示。

这里的"规划"诚然是指一个规划的全过程，而不仅仅是指规划编制或规划管理。

3）规划体制。规划体制从大的方面看，主要包括规划的法制体系，规划的行政体系及规划的经济体系（政策），见图5-9。法制体

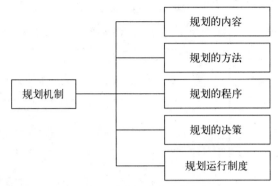

图 5-8　规划机制包含的内容

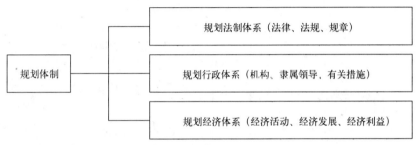

图 5-9　规划体制包含的内容

系主要指有关规划的国家和地方的法律、法规、规章等; 行政（政策）体系主要指规划机构的设置、领导隶属关系、保障规划实施的有关规定和措施等；经济体系主要指规划所面临的经济环境，是规划所面临的各种物质利益关系，包括城市经济发展、产业经济发展等经济活动和制度，包括各集团、个体的经济利益因素等。

（2）规划编制与管理环节的划分

各个城市在规划实践过程中，其编制和管理的环节在细节上都不尽相同，但一般来说都有共同之处。基于一般的规划运作模式，可以分为如下环节。

1）规划编制阶段划分，见图 5-10。

2）规划管理过程界定，见图 5-11。

（3）规划观念的整合

传统的城市规划观念正在受到快速经济发展潮流的冲击，正在市场经济体制之下艰难地退守，正在错综复杂的社会环境中变得错

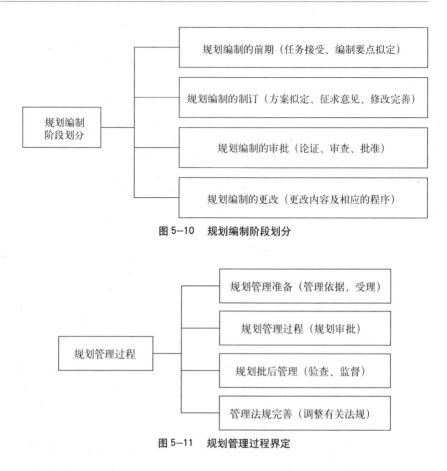

图 5—10　规划编制阶段划分

图 5—11　规划管理过程界定

误和渺小。怨天忧人无济于事，只会被淘汰，只有深刻地进行自身的反省，勇敢地对传统的规划观念进行自我"革命"，将规划与政府、市场、发展、社会很好地结合，才能建立现代城市规划的概念，才能够很好地完成赋予城市规划的职责和任务，才能真正发挥规划的作用，下面从三个方面的整合予以分别论述。

1）规划与政府。城市规划局是城市政府的组成部分，城市规划是城市政府工作的一部分，城市规划工作是一种政府行为。这样的事实，无论是在国内还是在国外都是一样的，没有异议。但在现实社会中二者却都互相不满意，甚至会有很不正常的对立的成分，这究竟是为什么呢？笔者认为关键在于观念上的冲突与不整合，从而导致行为上的不一致。

首先，多少年来在规划师的脑海和观念中的城市规划的"龙头作用"已根深蒂固,殊不知这个"龙头"是在非常狭小的范围内(即城市建设过程中的某些环节和方面)是有一定作用的。而社会经济规划、国土规划、环境保护规划、社会事业规划等规划的作用同样是非常重要的。那么,规划本身的"龙头"又是什么呢?是经济发展。在政府的心目中,城市的经济发展是一切工作的龙头,城市规划和其他规划一样都是一种手段。发展是硬道理,是各级政府执政的第一要务。只有经济发展,人民的生活才能富裕,国家和地方才能强大,自然就是考核各级政府官员的最重要的量衡。规划师关心的只是空间的规划,而政府所关注的却远远超出空间的范畴,是政治问题和经济问题,包括"扩大城市经济总量,以增加税收;增加就业岗位以减少失业;投资城市建设以改善市容等"(张庭伟,2001)。以增强城市的核心竞争力,从而提高人民的生活质量和水平。城市规划师要清醒地认识到,城市规划是政府一盘棋里的一粒棋子,城市规划必须服从和服务经济发展,这样才会有生命力。

当然城市规划对经济发展也是有着巨大作用的。通过规划新的空间模式(如外围城镇的规划建设、工业外迁规划等),可以对产业结构产生重要的引导作用;借助城市规划的手段(如城市基础设施规划建设等)可以增强城市的资本竞争优势;加速城镇化的推进,可以为城市经济增长提供新的机遇;提高城市规划的集约化水平,可使城市在土地经济中获得收益等。但这些也只能说明城市规划是经济发展的必要条件而不是充要条件,而且还要建立在规划是合理的基础之上。

政府的观念是经济发展,规划师的观念却倾向于空间控制,这是冲突的根本点。在规划师的观念中,"空间"的成分大于"经济","控制"的强调高于发展。"控制性详细规划"就反映了规划师的这个观点,若改为"实施性详细规划"就是观念与政府贴近了。国外就是这样的名称——Action Plan。这不仅是字面的不同,而是观念的差异(崔功豪,1999)。

其次,规划师"向权力讲授真理"的观点已成为名言。这种观念导致了规划师与政府的心理对抗,导致了规划师越来越远离政府。我们不妨分析一下这句名言:第一,"权力"在这里是市政府的政府力，但是规划部门也是政府的组成部门，是代表政府行使规划的权力的，其本身也有相当多的权力，规划部门所做出的决策肯定要比政府多得多，那么"权力"不就是自己吗？把"权力"仅作为市政府的政府力，反映了规划部门的一个错误思维，掩盖了自身的缺陷和产生矛盾的真正原因。第二，"讲授真理"意思是指规划实施过程中，规划被政府予以更改或没有"原汁原味"地实施规划。我们需要深思的是：规划师讲的不一定全是真理，另外，规划师的经济知识所限，还不足以去"讲授"。前面已经讲过，政府是以发展经济为目标，对经济的理解和掌握大都比较深刻，而规划师对经济知识，对城市经济发展的趋向判断都是远远不够的。我们做的规划，在经济发展和规划实践中还有许多不合理的地方，这曲解了城市规划为经济发展服务的目的，助长了规划师自身知识结构不再充实的现实，掩盖了对规划合理性，操作性的思考和改进。部分城市规划师的观念已到了比较"偏执"的地步，我们不得不得出令自己都惊讶和痛心的结论：部分规划师在观念上的孤芳自赏，固步自封，加上规划环境的不利，导致了与地方政府的碰撞，导致了自身难以提高，导致了规划理论层出不穷，规划实践却屡屡失败的危险境地。

最后，这也并不是说，政府可以"岿然不动"。政府的职责是做城市规划的规划，是战略性的对城市规划提出要求，明确定位，协调城市规划与外部关系。因此，政府的规划观念也需有大的改进。政府是实施规划的主体，政府也是制定规划的主体，政府有权调整规划，但决不是随心所欲，干扰城市规划的合理性。政府领导自身知识不完善，决策中很难做到都正确。另外，政府发展经济是主线、是目的，十分正确，但忽视了可持续发展的国策和理念，必然导致"短期效益，长期苦役"的非健康发展。

综上所述，城市规划与政府，在观念是必须要整合的，而且是可以整合的，整合的落脚点就是发展的观念。要以发展论英雄，要以是否促进和适应了经济发展作为判断城市规划工作的第一标准。城市规划师必须以发展的眼光去研究规划，必须以发展的理念和手段去实践规划。这样规划和政府就有了一个共同的支点，就会相得益彰。这就要求规划师学习经济知识，同时也不断的用合理的规划影响政府，协同实现城市的可持续发展目标。

2）规划与市场。我国的经济体制已进入了社会主义市场经济体制，这是经济发展的必然趋向，但同时也给现行的城市规划观念和时间带来很大的震动。辛辛苦苦编制的规划，在实施过程中难以执行，规划管理人员变得迷茫，开发主体对规划师抱怨程度增加，矛盾越来越尖锐和激化，城市规定的"秩序"正变得混乱。这一切的原因是多方面的，但重要的一条就是现行城市规划的理念不适应市场经济的运行机制，规划师对市场经济认识不够深入，对市场作用下的各种建设行为，思想上准备不足，行为上疲于应付。规划滞后与快速发展的城市形成越来越大的反差。从源头上来说，这是规划观念和市场经济下的理念没有融合。

首先，城市规划作为政府行为，是以追求社会公正为目标的，而市场行为是以追求个体最大利益为目标的，两者的价值取向不同，当社会公平和个体利益发生矛盾时，决策的结果是不同的。但决不是不可以调和的，或者是完全可以解决最终的矛盾。规划师必须认识到，城市规划是通过对社会资源的利用开发来促进城市社会的持续发展的，而社会资源的配置方式已由计划决定逐步走向市场决定。罗志军同志指出"政府规划的主要任务是引导城乡发展，关注公众利益和资源环境等重大问题，制定发展框架和限制性原则……具体项目应该由市场确定，充分发挥市场机制配置资源和市场主体自主决策的作用，规划要为市场发挥保留有空间"。改革开发以来的城市快速发展，与其说是规划的引导，倒不如说是城市发展过程中市场的能动性在发挥着作用。所以规划应该主动与市场合作，结成"伙伴关系"。众所周知，计划经济的动力是自上而下，市场经济的动力是自下而上。我们按照"短缺"经济进行的规划实践，在以"过剩"经济为特征的市场经济力作用下，各种利益集团是不会接受的。那么我们观念为什么不可以立在"你投资，我服务；你赚钱，我发展"的思路上呢？大家形成一种合作的理念，城市求得了发展，自然也为实现社会公正提供了基础条件。比如，计划经济下的土地运作收益，大多流入特定利益集团（单位）的小金库，增加了新的社会不公正，可部分也变成了"灰色"，腐蚀了社会风气。而在市场经济条件下，城市土地是作为重要国有资产来运作，避免了"暗箭"，其运营收益明确地归入了国家财政，用于为社会公共服务设施的建设。

其次，对市场经济、竞争、买方市场和多元变化的特征要有充分的理解和应对。企业间的竞争城市之间的竞争是市场经济发展的必然产物。积极发挥城市竞争对城市的促进作用，可以让城市有更多的发展空间和机会，可以提高城市自身的发展能力，它使得资源和利益成为了城市发展和城市规划的核心。对城市以外来说，规划师的角色是经济发展的技术前锋，帮助政府在竞争中击败对手；对城市内部来说，规划要改正它的服务和技术，去在新一轮的竞争中赢得社会的信任和公权力。买方市场的特征决定着投资者对所开发的用地会用合乎其自身发展取向不同的要求，这必然与刚性的城市规划冲突。多元变化的特征，决定着经济发展的动态性、阶段性和不可预见性。这对于以理想目标为依据的城市规划带来了判断上的失误和实施上的失败。规划师必须有这样清醒的形势判断，认真分析社会资源的合理配置，建立弹性规划与刚性规划相结合的观点，建立理想与现实相结合的观点。

上述一切，也并不是讲规划只有妥协才对，这不是走向另一极端，我们必须有清醒的认识，规划在与市场形成业务伙伴的同时，还必须发挥其监督的作用；规划在适应竞争规则的同时，还需主动地参与竞争，发挥对市场资源的量的调配作用，清除城市竞争中的消极作用，必须扬竞争之长，避竞争之短。规划在弹性规划的同时，对于强制性的规划内容必须坚持，如公共设施、市政设施、公共绿地等。深圳市为有效防止建设用地对非城市建设用地的侵占，总体规划中对非城市建设用地划定严格的范围，并制定针对性的控制与保护政策。如：对于城市建设用地，实施严格控制总量增长，大力提高利用效率，实现土地利用方式由"量"的扩张向质的提高转变；新增城市建设用地主要是积极消化利用既有的闲置土地，见图5-12。规划在考虑现实操作的同时，必须突出对未来导向性这一重要特征，引导城市向预定的社会目标迈进。这是辨证统一的观念，只不过对于规划现存的观念比较薄弱的方面，更加强调罢了。

3）规划与社会。长期以来，城市规划都被理解为单纯的物质性

图 5-12　深圳的城市规划采取有力的措施保护农田等非城市建设用地
资料来源：深圳市国土局。

规划，而忽略了其社会性的一面，这种观念严重影响了城市规划学科的发展，影响了城市规划的时间效果。

汪光焘先生提出"城市规划……从本质上说市政府的公共政策……直接关系经济、社会、人口、资源环境等能否协同"。英国学者 Clara.Greed 从其内涵和外延方面提出了"第一，城市规划主要是物质，第二，城市规划并不是社会规划，第三，物质性规划具有社会影响。因而能帮助实现社会目标。"……

首先，从城市规划目标看，是达到社会的公正，即城市规划始于物质，止于社会，这就决定了城市规划必然具有社会属性。

其次，从实施城市规划的过程看，它是在错综复杂，不确定性、多变性较强的社会环境影响下实现的。社会因素的不确定性，直接影响着城市规划目标的制定，社会因素的复杂性，关系到城市规划的实践可否顺利进行。从这个意义上看，规划研究的取向是未来，其知识基础是非经验性，而未来是在错综复杂的社会环境中实现的。这必然导致规划并非是一种自然科学或者其具有天然非自然科学的特征，这说明了城市规划的社会特征。

最后在城市规划研究过程中，充分体现以人为本的理念，应该考虑残疾人士、老弱儿童设施，环境问题，稳定问题，就业失业问题（但我们却很少考虑），这说明社会因素对城市规划的需求。

综上所述，在物质性规划的背后，有许多社会因素。社会规划是一种社会实践活动，城市规划客观上就是具有社会性。所以，规划师必须建立"社会性规划"（Social Town Planning）的概念。

（4）规划机制的整合

李源潮同志指出"规划是城乡建设的龙头，是城市最好的资源，也是城市政府最大的资源，要科学制定规划，并通过有效的机制使之得到连续的执行"。

城市规划的主要作用是通过对城市空间，尤其是土地使用的配置来实现对城市经济建设与发展的支撑、引导、指导作用的。保证城市规划对城市发展作用是通过规划的运作体系来直接实现的。而规划的运作是通过一个高效能、高质量的规划机制来调动来保证的。但事实上，我们的城市规划内在运行机制尚不能满足市场经济条件下、全球经济一体化条件下的城市发展需求。城市规划的内容、方法、手段和制度与城市规划的目标偏离，滞后于经济发展对规划的要求。所以，必须对现行的规划机制的内在规定及外部行为进行改革和整合。下面从四个方面予以阐述。

1）规划编制审查修订机制。我国现行的规划编制体系仍是总体规划、分区规划、控制性详细规划和修建性详细规划，最近两年又在总体规划之前加入了概念规划作为对城市发展的结构设想和控制，是研究城市发展战略层面的规划，如广州市概念规划、杭州市概念规划等。但总的看来仍显静态和模式化。需要对编制的内容改革。既强调法治的强制性，又要注意实施的灵活性即弹性。

首先，概念规划、城市设计一样应贯穿规划编制的各阶段，在每个规划阶段都要进行战略、概念的研究，即对该层面规划中大的问题的把握和设想，这样也可以给规划管理提供一定的弹性，体现规划抓大放小，有所为有所不为的理念，见图5-13。

其次，规划编制应增加经济性分析的内容，应有明确指导意义的规划内容。要有如何实施规划的规划。比如，如何控制、如何引导、如何落实等。英国纽卡斯尔（Newcastle）在进行对皇家码头区（Royal Quays）的改造中对不到1km²的区域，首先就做了一个类似的概念规划（英国称结构规划）。把对该区域的规划理念战略及特别要关注的问题予以研究和界定。如：绿地系统、陆水关系、生活就业、休闲购物等问题，见图5-14。而Newcastle的St. Peter's

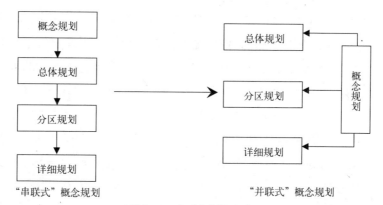

图 5-13　概念规划的改进

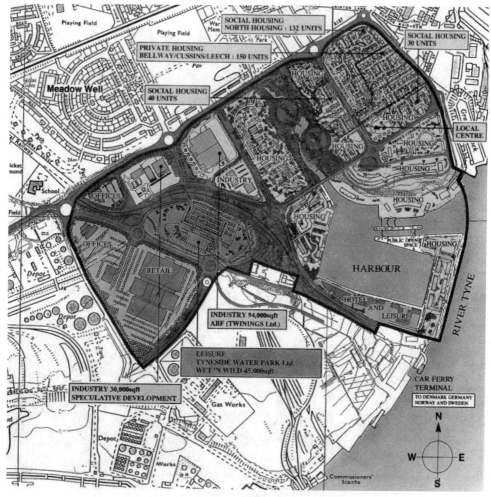

图 5-14　纽卡斯尔皇家码头区概念规划图
资料来源：TYNE AND WEAR DEVELOPMENT CORPORATION.

Basin Village 的实施性规划（Action Plan）则由一个公司负责从规划到实施的全过程。该规划不仅在方案上做到模型公示，而且还制定了如何从政策上、财政上和运作经营上实施该规划的内容，规划得到很好的落实，并由此获得英国人居金奖，见图5-15。

第三，目前的规划编制采用的是"对号入座"式的方法，即把影剧院的座位设计好，顾客凭入场券对号入座。带来了许多顾客或进不了门或进去了座位又不适合自己的需求，强烈要求调换座位，服务人员忙着去协调、调换，甚至更多人的不满导致乱作一团。为什么我们不可以采用敞开大门进入影剧院，采用"功能区分法"呢？影剧院的规划可以分为公众利益相接的无烟区，想抽烟者得不到好位置，不抽烟者获得好位置。公众肯定有趋同感，肯定会维护影剧院的规则。城市规划编制也是同样的道理。刚性的体现不是在"对号入座"而是在对功能的限制上。这样规划就有了弹性，有了不违背"刚性"的弹性，而弹性从另一个角度又保证刚性的准确实施。另外规划的表现的是"是"，即允许做什么，而忽略了"非"即，不允许做什么。我们必须改进，做到一张蓝图，一个文本中，"是""非"同存，相得益彰。

St. Peter's Basin Village before and after development. The scheme won the gold medal as the best partnership project in Britain in the 1991 'What House' Awards, the 'Oscars' of the housing industry.

图 5-15 St.Peter's Basin Village 实施性规划图 （规划实施对照）
资料来源：TYNE AND WEAR DEVELOPMENT CORPORATION.

我国城市规划的审查制度或模式，基本上由地方规划部门组织。所请专家大都是没有很多的时间去消化规划，主要是由规划专业的人担任，且更多限于从规划技术角度进行评审评价。在报政府部门批准的时候，向市长汇报也是在很短的时间，仅是履行一个手续而已，造成了规划刚批准，马上就不适应的现象。这应该进行改革。首先专家的组成要有社会学，经济学等领域的人，要有政府有关部门的人参加；其次，审查的时间要有一周甚至更长的时间，保证对问题发现判断地准确性，在机制上一定要诸专家提出解决问题的方案；第三，政府审批之前一定要有有关各个部门事先已研究的明确意见，以保证规划的质量。美国对《发展规划》的审查，一般由一个各方认识组成的规划委员会来操作。在审批之前进行公众听证会，审批采用委员会投票等。新加坡总体规划委员会的主席为市重建局局长，委员包括规划、土地、交通、工业、住宅等部门的领导和专家。深圳市设立了城市规划委员会，运行结果提高了规划编制与实施管理各自的水平及两者相融合的关联度。

城市规划的修改缺乏更新机制。每一项规划成果都不是一劳永逸的，必须随着经济的发展要求不断进行优化调整。第一，从时间的规定不应定的过死，比如总体规划规定 5 年修订一次，事实上也许是 4 年或者 6 年根据发展需要就要调整。可以规定原则上 5 年。但可根据需要由市政府决定调整；第二，对总体规划中局部的可作调整，要实行动态机制。这些调整恰恰是在城市发展过程中大量需要的更迫切需要的。可以采用"根据需要，在客观指导、动态调整、明确程序"的原则和方法。比如，总体规划中非框架性的局部绿地调整，就要根据城市的建设发展要求及周边地块的环境要求，可由市规划局决定，报市政府备案，并将调整的结果反映在规划中。

2) 城市规划的管理和制约机制。城市的管理目标是保证规划的有效实施，保证社会的"公平"，但实事上由于缺乏管理和制约机制，由于无力抗拒各种社会、政治、经济压力，常常陷入"被动挨打"的境地，常常受到各方面的指责。规划师们直呼"冤枉和无奈"，甚至感觉管理无法操作，不如放任自流，但不行，这是你的责任，不管是否会遭到指责，是否会以"不作为"被告上法庭。既然如此，就必须寻求如何管理的问题。

第一，运用综合方法和手段。用技术手段去解决非技术力量产生的问题显然是"药不对症"。而规划管理中所碰到的矛盾，大都是因为非技术或者技术非技术综合力量所引发的。所以规划管理也必须运用综合方法和手段去解决。如：借鉴新加坡的经验，运用经济手段、行政手段和法律手段调控土地发展和转让。任何的建设行为违背了批准的规划要求，若是规划必须控制的地区一定要处以严厉的行政处罚或刑事处罚（新加坡规定罚 3000 美元或者监禁不超过 3 个月或者二者兼施，并责令恢复到规划要求的界限内）；若是规划一般控制地区，涉及到容积率的微小突破，小部分土地和自变更用途等，则必须向政府缴纳相当量的发展费。

第二，管理内容上"软硬结合"，突出重点。大包大揽，事无巨细的管理，是不符合市场经济规律的，是难以实现规划的宏观调控作用，中观引导作用和微观的指导规定作用的，是难以实现合理配置资源和有效利用资源这个大战略目标的。有所不为才能有所为，对属于公共建设或对城市发展有重大影响的建设，一定要严格管理，确保城市公共利益的实现，如公共设施、市政设施用地，必须实行强制性管理，不得更改和调整。而其他的建设用地则可按照市场经济原则进行弹性管理。在地域上对城市的中心区主干道两侧等城市重要功能和景观区域严格管理，调和余地非常小，而对其他非重点地域则可采用用地兼容性的原则予以引导管理。

第三，规划管理制度的创新。多年以来，我国的城市规划管理制度上一直采用"一书两证"的模式管理，随着市场经济及加入WTO 之后，它对规划实践中出现的许多新问题已不能应对或者"勉为其难"、"近似相用"，这样的"以不变应万变"的制度，带来了规划管理上的空白和漏洞，保障不了经济发展的项目，限制不了影响经济发展的项目，必然带来建设的失控。必须进行更新、创新制度。没有创新，发展就没有动力，就没有规划的保障，创新是我们达到目标的重要手段，我们可借鉴新加坡的做法，从适应发展的另一个角度去建立规划制度，从用地管理方面可设，如新增土地许可证，用途变更许可证，主体更替备案书，延期用地许可证等（陈启宁，1998）。

　　另外，还要建立规划批后管理（即验收，监督等）与规划审批管理的协同机制，把规划的监督融入规划的审批过程中，而不是仅仅是事后查处。

　　3）规划与相关部门的协同机制。这里仅就建设用地规划管理来谈，目前的一般运作机制如图 5-16 所示。

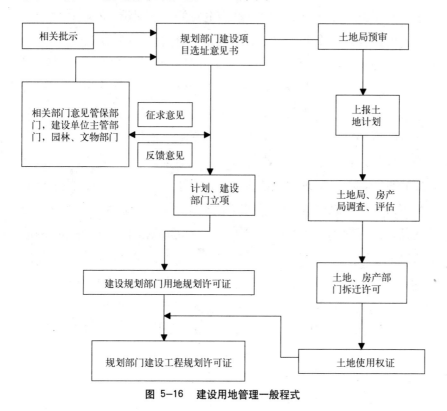

图 5-16　建设用地管理一般程式

　　从目前与有关部门的运作协调机制来看，有如下几个方面需要改进整合。

　　①信息资源的交换共享机制。规划国土各有自己的一套地形图及成果系统，政府对两个部门每年都要投入上千万的资金去维护更新，两个地形系统的成果有很大的重复性造成了极大的人力、财力浪费。另外，一项建设行为、规划、建设、土地、房产等部门没有一个能完整地反映其建设时段，几个部门的信息没有沟通机制。造成了在统计上家底难以摸清，政府工作效率下降，决策不能快速反应的现象。解决这个问题的重要措施就是政府指令建立一个信息资

源平台，从基础信息、中间信息到成果信息，把各相关部门的信息予以整合，专人维护和管理，建立和相关部门间的信息交换、共享平台。该工作的难点不在技术问题而是部门利益的整合，只要更新观念，坚定尝试，就能达到目的。

②规划部门之间的运作制度有许多缺陷。规划部门与建设、土地、房产、环保、园林、文物申报单位主管部门之间没有在操作层面上的制度。大多是根据"约定俗成"和"惯例"原则予以运作；即使有了一些相关"规定"，各部门也是以部门的规定为由，互相推诿，没有制约机制；另外，现在是通过"建设主体"在其间传话、奔走，带来了许多误解，耽误了建设的审批时间。这样的运作模式，必然导致政府形象的贬值，经济建设受到影响。操作上不规范，也被许多建设行为钻了空子。结果有两个：一是各部门都没有错，但该办理的事情却办不下来；二是各部门都没错，但不可以办理的事情却办下来了。可以说这样的事例有许多或者说是普通现象。解决这个问题必须采取如下整合措施。第一，建立规划部门与相关部门的沟通制度，明确协作的内容职责和程序。比如：南京市就做了有益的探讨，规划部门在可能有文物存在的地区选址前，要有与文物部门征询意见的制度并规定其内容；文物部门必须有明确的答复意见和措施，涉及绿化的也要与园林部门有联系制度（见图5—17）。第二，针对因各部门条条上规定带来的难以操作的情况，要建立一套对"规定"整合的"规定"。比如：房产部门在办理拆迁许可证时，会遇到建设用地规划许可证过期的问题，要求建设单位必须到规划局办理延期，而规划局根据规划条例规定已不能办理延期，这就造成了难以操作下去的结果。这时候必须有一个"规定"去整合"规定"。在南京的运作过程，就采取了这样的做法（规定见图5—18）。第三，部门之间的定期沟通会审制。每周一次工作例会，互通情况，并把涉及到各部门之间矛盾的问题予以会审，减少"中间人"的环节，避免行政决策的失误。

建设项目规划选址征询意见联系单（存根联）

编号：＿＿＿＿＿＿＿

＿＿＿＿＿＿＿＿＿＿＿＿＿＿＿＿：

＿＿＿＿＿＿＿＿＿＿＿＿单位拟在＿＿＿＿＿＿＿＿＿＿＿＿＿＿＿＿＿＿＿＿＿＿

建设＿＿＿＿＿＿＿＿＿＿项目（＿＿＿＿＿＿＿），计划占地＿＿＿＿＿＿＿平方米（亩），
请贵局根据相关法律法规的要求，提出初步意见回复我局。

南京市规划局（章）

年　　月　　日

建设项目规划选址征询意见联系单（回执联）

编号：＿＿＿＿＿＿＿

＿＿＿＿＿＿＿＿＿＿＿＿＿＿＿＿：

＿＿＿＿＿＿＿＿＿＿＿＿单位拟在＿＿＿＿＿＿＿＿＿＿＿＿＿＿＿＿＿＿＿＿＿＿

建设＿＿＿＿＿＿＿＿＿＿项目（＿＿＿＿＿＿＿），计划占地＿＿＿＿＿＿＿平方米（亩），
请贵局根据相关法律法规的要求，提出初步意见回复我局。

南京市规划局（章）

年　　月　　日

回复意见：

＿＿＿＿＿＿＿＿＿

（章）

年　　月　　日

图 5-17　规划局与相关部门的选址联系单

关于申领拆迁许可证涉及规划、土地批准文件有关问题的通知

各有关单位：

为了进一步转变行政管理部门的作风、规范行政管理部门之间业务衔接关系，切实做到简化手续，提高效率，根据规划、土地、拆迁的有关法律法规，现就申领房屋拆迁许可证涉及规划、土地批准文件有关问题通知如下：

申请领取房屋拆迁许可证时，建设单位持有建设用地规划许可证或国有土地使用权批准文件已超过规定期限的，如是在有效期限内进入规划、土地部门窗口办理其他相关规定手续，并能提交有关凭证的，其建设用地规划许可证或国有土地使用权批准文件应视为继续顺延有效。

建设用地规划许可证与国有土地使用权批准文件的建设单位名称不一致时，（如在核发建设用地规划许可证之后，土地使用权发生变更的）应以国有土地使用权批准文件载明的建设单位名称作为填发房屋拆迁许可证的建设单位名称。

建立联系单制度，用于协调规划、土地、房产三个行政管理部门的相关业务衔接问题。联系单位应有明确的意见并加盖公章。

南京市房产管理局

南京市规划局

南京市国土资源局

二〇〇二年四月二十五日

图 5—18　部门间的协调规定

4）编管人员、信息的交流机制

总体规划与分区规划大都是由隶属规划局的地方规划院承担。编制人员和管理人员，在规划编制的成果和管理已批或在批的项目

之间，在信息上应有共享机制，随时可了解编、管的动态，并及时地互相反馈信息，从技术信息方面保证编制和管理的融合。

实行编管人员定期会审制，对编制成果和拟审批的重点项目共同研究。并建立重要项目的双项目负责人制，由编制和管理各一位人员共同负责，从源头上杜绝编制和管理的脱节。有条件的地方，还可以实行部分编管人员的岗位交换制度，让管理人员了解规划编制，让编制人员熟悉管理业务。

外地规划院做完在本市所做的编制项目，也有责任跟踪，不能一走了之。起码在编制过程中与管理部门的沟通、反馈是必须要做到的。

（5）规划体制的整合

主要从规划的法规体系，行政体系和经济体系三个方面予以论证。

1）法规（政策）体系。城市规划法规体系是整个城市规划体系的核心，为规划行政和规划运作提供法定依据，法定程序及行为准则，并发挥保障和监督作用。原《城市规划法》（1990）、《城市规划编制方法》（1991）、《城乡体系规划编制审批办法》、《城市国有土地使用权出让转让规划管理办法》（1994）、《建设项目选址规划管理办法》（1991）、《城建监察规定》（1992）等国家部门法规，几乎都已使用了十年以上，而这十年间，我国的政治、经济体制发生了重大变化。市场经济、加入 WTO、国有土地公开出让、民主政治推行、经济快速发展等。城市规划出现了许多新的问题，面临着许多新的挑战，其法规在出发点、内容、涵盖面已显得"老态龙钟"。地方的规划法律法规也都是这样大法规的细化和具体化，都不能适应规划的发展需要，必须进行改革围绕城市规划编制与管理的整合，提出如下的观点和对策：

第一，人类社会作为一个系统，内部包含着多个元素的一体化，其中，城市与乡村的一体化需要把两者都纳入规划中给予考虑。因此，当前将原《城市规划法》修订为《城乡规划法》符合这个趋势。我们也急切期待着新出台的《城乡规划法》能够从内容和形式上能够较好地迎接中国城市未来发展的新挑战，对规划编制与实施管理的整合有所贡献。

第二，一定要立足规划编制与实施管理一体化的出发点，并贯穿始终。现阶段规划法规体系若从根本上作大的改变是很难的，所以还是要从完善和发展现行法规体系的角度去研究，以便尽快地、顺利地进入实施阶段。当前迫切的要求是对《城市规划法》的修改，作为主干法，《城市规划法》的修改没有完成，其他的从属法、专项法和相关法都难以制定或修改。而《城市规划法》修改中，要增加规划编制与实施管理一体化的条款，明确规划编制不但是规划管理的依据，还是规划管理的一部分；明确两者必须相互融合、共同作用的硬性规定。同时增加严格督查擅自占用城市建设用地的行为的规定，对征而久未使用的用地，严格按照法规收回。

第三，制定《城市规划编制管理办法》等涉及规划编制的有关法规，要体现对规划实施的明确指导性，要避免"八股文"式的教条，着重于对各层面规划编制要解决的主要问题，规定不同规划层面的主体规划编制内容（即硬性主题内容），而对次要的内容，仅做原则要求。各市可根据自己城市的个性、特殊性来予以规定（即软性次要内容）。同时要把城市规划编制管理的内容放在此办法中，不能再制定单独的《城市规划编制管理办法》。这是较为重大的改革，也是必须要实施的整合措施。但也不是规划制定与编制管理作为独立部分的叠加，而是融为一体，重新安排条款。还要界定规划编制成果的法定作用和地位。另外，对规划的调整、修改的内容及相应的程序本着简化的原则予以明确规定。这很关键，在实践过程中规划的局部和微小调整是经常性的工作，这体现了规划为经济建设服务、规划与时俱进的特性。

在建设用地的分类中，要从规划实施管理的角度来界定。如日本的 12 类用地划分，对于实施管理、调控用地都有较好的指导性，如图 5-19 所示。

第四，制定涉及城市规划实施管理有关法规。这也是目前的空白，该法规要体现现代化的管理理念和模式，要体现规划管理职能的转变，要体现与规划编制制定、管理的衔接融合。在内容方面要包括实施管理的目的、依据、法定审批内容、各审批阶段的职能与规划编制的反馈、监督监察等。在重点方面要突出从不同的角度改善"一书两证"的审批模式为大量建设需求的横向审批内容的划分；

図 5-19　日本土地用途划分图

资料来源：PLANNING OF TOKYO.

突出反馈的法定操作办法，强调加强监督的权利和处罚权与程度。

第五，从发展的眼光走向更加完善。在新的《城乡规划法》中，从新的目标制定部级《城市规划编制与实施管理条例》及以此为依据的各地方的相应操作办法，还有在《条例》之下的若干《细则》。虽然有困难，但方向是对的，要逐步达到。

这样，城乡规划的法规体系从概念上远期应是如图 5-20 所示的模式。

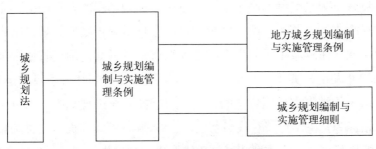

图 5-20　城乡规划法规体系概念模式

法国的城市规划税和开发税

根据城市规划法典，并得到市镇、省和某个公务机构通过，地方机构可以收取城市规划税和开发税。

所收取的税量，与某个建设工程必须的公共设施投资费用成相应的比例（造价、用地面积），三分之二的这类税的收入，必须用在规定的项目上，如：用于对公众开发的自然保护空间、用于建筑、城市规划、咨询费，特别的顾问机构费用。

—Jean Chaudonneret

2）规划的经济体系。这里要研究两个问题，一是城市规划在现行经济体制下的应对；二是经济体制体系应为城市规划提供保障。

在比较经济体制学上提出"经济体制是指一定社会组织内资源配置的机制、方式和结构的总和，是对一定的社会模式的一种概括"。（顾海良，1993）。按资源配置方式的不同可以分为完全计划经济、完全市场经济、混合经济三种。

我国处于计划经济向市场经济的转轨时期，属于混合经济，是社会主义市场经济体制，"市场经济和非市场机制共同对城市建设产生影响，并对城市规划产生强烈的反作用"（周卫，2000）。城市规划无法改变这样的经济体制，但却可以适应与影响这样的经济体制，充分发挥城市规划的引导、调控和监督的综合作用。这里必须强调的是"综合"，因为城市规划所面临资源配置量及其所带来的市场变化是综合的。任何单独一项作用都是"缺少"的或"无效"的或"失灵"的。比如：在城市建设用地的规划和实施过程中，城市规划面临着保护城市公共利益、长远利益的项目用地控制；面临着各建设单位的团体利益、个体利益、短期利益用地选择的冲击；面临着协调各方利益在建设用地的选择和使用上的矛盾冲突。这时，必须利用以空间配置为目的城市规划手段，建立建设用地调控的原则制度、方法等机制。确保代表城市公共利益用地（公共设施、市政设施）的预留；引导非公共利益用地向合适的地域。并采取协商、协调、控制相结合的办法使各种城市建设资源有效地使用于城市建设和城市发展的各种不同的用途，同时建立制约机制，加强规划监督，防止无视法纪、盲目决策、贪大求洋的行为。

另外，经济体系中应有对城市规划提供保障作用的机制。即为保障城市规划编制的高水平、保障城市规划利用的发挥而提供充分的财政支持。首先，城市规划的财政应直接由市政府管理，垂直专项拨款，保障城市规划资金的来源渠道畅通（如法国征收城市规划税和开发税）其次，有足够的财力保障城市规划经济手段的运用。高水平的规划需要高资金的投入（引进国外先进规划编制单位，竞争招标等）决不可"有钱买墓地，无钱请郎中"。在面对各种利益集团的挑战中，很多需要用经济手段解决，如按规划引导的建设项目，可以在经济政策上给优惠，获得补偿。

3）规划行政体系。主要有两方面问题急待理顺和改进，一是规划管理的行政机构的隶属关系及权限；二是行政职能。

我国大城市现行规划管理行政体制有 4 种模式：北京模式：高度集中的城市规划管理体制。规划编制的审批权由城市规划委员会负责，规划管理的审批除 $300m^2$ 檐口在 $4m$ 以下的建设项目由区规划分局审批外，其余均由市城市规划委员会审批，区规划分局实行双重领导，即区实施行政领导，市局实施业务领导。

上海模式：高度分散的城市规划管理体制。规划编制的审批除一般的详细规划由区规划分局组织外，其余基本上都由市局组织并审批。规划管理审批则是市局审批的重要地域，包括重要项目和跨区域的项目，其余的均由区规划局审批。市局对区局实施业务培训、指导和评议，行政、业务隶属于区政府。

深圳模式：分级垂直管理模式。由市局在各区设置派出机构—规划分局。业务上受市局直接领导，区政府予以配合，干部实行垂直管理。即分局领导由市局任命，但须征求区政府意见。

广州模式："两级政府、三级管理"，即区规划分局实施双重领导。市局实施业务领导，区实施行政领导。在统一规划、审批、管理法规、业务领导的前提下，明确规划编制审批均在市局（小区的详细规划，建制规划由区组织编制，其余由市组织）。区分局可审批区内主干道的临街建筑（40m 以下）和重点地域外的各类建设工程。如有违反法规和要求，市局有权随时否定。

上述四种典型模式在实践中发现，北京市局由于管理人员不足，规划管理滞后，市局想放权，但市政府不同意；上海各区的建设得到快速发展，但过度分散的管理体制，使一些全市型的项目难以落实，区与区之间的标准不尽一致，影响了社会公正；广州模式运行尚好，但在实施规划的推进上矛盾较大。相比之下，深圳模式则是较为成功的，既保证了规划管理的效率快捷和规划成果的正确实施，又有利于规划管理与城市具体地段的实际没有大的冲突，保证了局部利益和整体利益的协调。另外，在现行规划管理权力下放的配合规划法规和监督机构不完善，区缺乏专门的技术和管理效率的低下，反而可能导致政府宏观能力的下降。所以我国大城市的规划管理行政体制应采用深圳模式，但可结合本地区的具体实际做适当调整。

至于在全国范围内实施城市规划的垂直管理，在今后相当一段时间内是难以实施的，这条线上要增加许多技术人员，且又不可能了解城市的情况，结果必然是形式化、效率下降。且从经济体制、政治体制的改革要求中，城市政府是经营城市、发展经济的实施者、决策者、责任者。没有了规划的调控力，如何来推进经济的快速发展呢？在城市内部机构的设置应作调整，把规划、建设、国土三个部门合并。这样，第一，不但可以保证信息资源的完整，减少政府投资的浪费，还可以大大提高政府的行政效率，减少建设单位的奔跑之难，为多元化的市场经济行为提供更简洁的服务；第二，可以把规划部门的"规划储备库"、建设部门的"项目储备库"、国土部门的"土地储备库"合三为一，凭借优先权，对需要控制的土地予以购买，在合适的时机再投放市场。这样就可以有效调控城市建设用地，协调好市场经济与可持续发展的关系，提高城市规划建设、国土的防险能力，提高城市规划编制成果与实施结果的一致性。

（6）规划观念、机制、体制的整合

这里有两个方面的说明，一是规划观念、机制、体制须融合起来共同发挥作用；二是分解在观念、机制、体制子系统中的整合措施之间可以有机组合并发挥作用。

规划观念的整合更新是建立更新机制和体制的源泉，它决定着规划整合的起点高低和目的目标，决定着规划机制和体制的指导思想。没有规划观念的更新，规划机构和体制的建立就失去了目标；规划机制的整合更新，是落实目标的运作系统的实施系统，是更新观念具体化的措施，同时也对规划体制的更新提出了明确要求，没有规划机制的更新，再先进的规划理念也只是纸上谈兵，规划体制更新也会失去对象；规划体制的整合更新是保障规划理念、规划机制更新的系统，是二者实施的外部条件。没有规划更新体制的保障，先进的规划观念和规划机制也是很难实施的或者可能会半途而废。因此，这三者是一个系统，是不可分的。而且只有融合一体才能发生最佳作用、系统整体性大于各子系统之和的原理也说明了这一点。

因为我们所面对的规划编制与实施管理系统的缺陷和不整合也决非是某种观念或机制单独引起的，是多种因素综合引起的，所以也必须把三者融为一体，共同抗之。单独一方面的整合不但作用微小，而且难以解决问题，就犯了表面上"头痛医头，脚痛医脚"的片面错误。

当然，这并不是说针对某个问题都要运用观念中的所有先进理念、机制中所有的先进手段和程序、体制中所有的体系，而是针对某一问题，用具有针对性的组合来解决。

（7）整合体系下的规划编制与实施管理系统

1）规划编制管理系统。这里包括规划编制和规划编制管理两方面内容，我们将其融合在一起作为一个系统来研究其内部的整合。

第一，规划编制系统的框架（见图 5-21）。

第二，框架的特征。

①该框架把规划的制订与规划编制的管理融合为一个系统，注重解决系统的整合；

②强调对规划的研究。编制人员必须研究政府，研究市场经济的特征，研究规划的社会性；

③方法论的更新，把经济分析作为规划编制的一个重要阶段纳入其中；把概念规划作为贯穿编制全过程的规划手段，并强调了管理信息的获取；

④特别突出了编制和编制管理的沟通渠道和机制；

⑤增加规划编制要点的缓解，以保证政府的宏观调控能力的实施。同时，也对该环节界定为实施管理与规划编制的第一衔接点；

⑥强调部门参与规划的过程，提出市民参与决策的模式；

⑦提出对规划编制办法的修改更新和经济财政对规划编制的投入也是个非常重要的因素。

2）规划实施管理系统。

第一，规划实施管理系统的框架，见图 5-22。

第二，框架的特征。

①将规划实施管理系统作为一个整体，研究其组成的要素和各要素的整合；

②将现代化的规划管理理念和规划编制的成果作为规划实施管

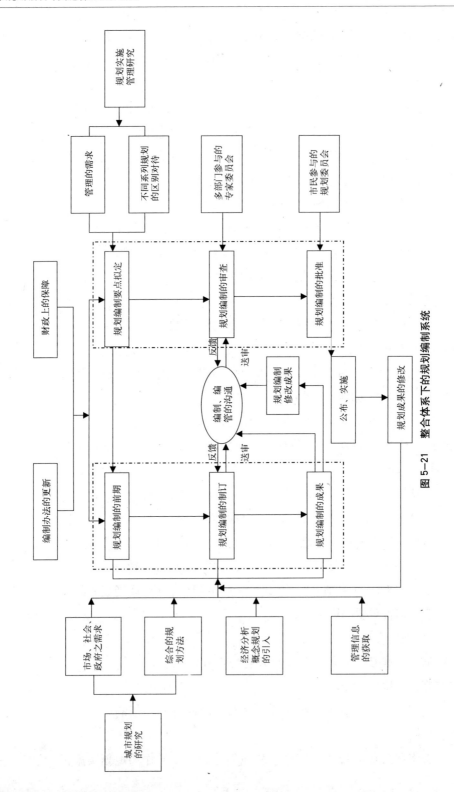

图 5-21　整合体系下的规划编制系统

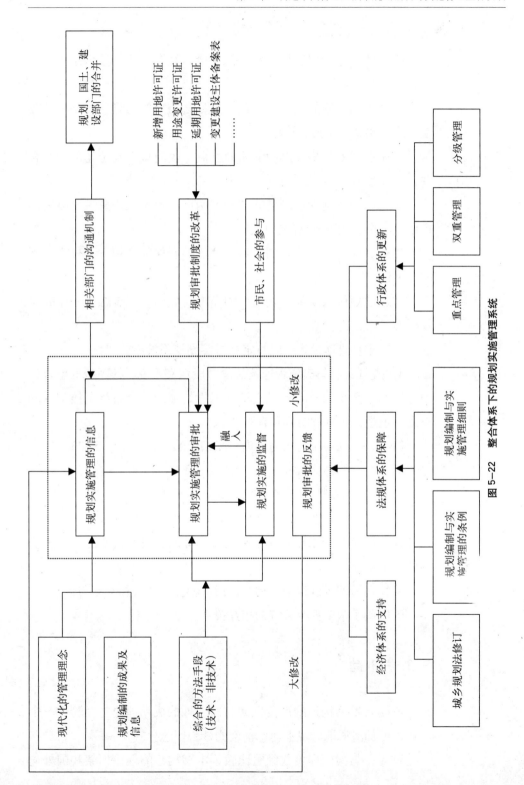

图 5-22　整合体系下的规划实施管理系统

理的两个重要依据；

③强调实施管理运用包括经济手段、社会手段、技术手段在内的综合手段、方法；

④对规划实施的监督，一是体现社会公众的力量，二是监督要融入规划实施管理的全过程；

⑤体现规划与相关部门的协同机制，提出规划与土建部门的合并；

⑥对规划实施管理制度的"一书两证"提出改进意见，以适应市场经济多变和不确性的特征；

⑦强调规划体制为规划实施管理的综合保障作用，并贯穿管理的全过程；

⑧对法规体系从编、管整合的角度，提出了二者融为一体的法规框架；

⑨对垂直管理模式予以肯定并借鉴到该系统中。

3）规划编制与实施管理系统。一般意义上说，该系统的整合就是上述两个系统的整合，但这里的意思是突出两个系统衔接部分的整合，也是为了更加明确和直观。

第一，规划编制与实施管理关联系统的框架，见图 5-23。

第二，系统构建特征。

①强调了编制与管理系统信息共享的重要性；

②突出了编管系统与支撑系统的相互作用关系；

③体现了互为依据和需求的关系，即从各自系统的源头上就要另外一个系统的介入；

④特别强调了过程中的相互反馈，相互融合，相互参与；

⑤明确了两个更改系统的相互关系。

5.3　小结

不妨将本书构建的理论框架与国内外的成功理论与经验作一个比较，更加清晰地展现本理论框架的核心理念。

首先，与国外理论与经验比较，本书构建的理论框架和国外先

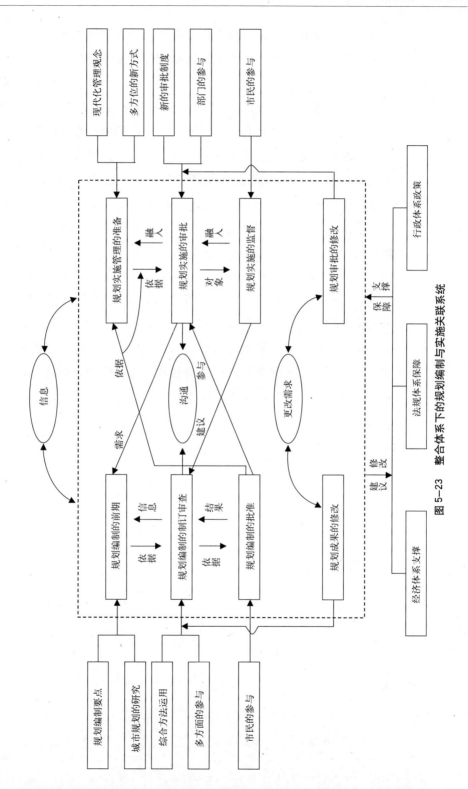

图 5-23　整合体系下的规划编制与实施关联系统

进理论都是从整体上把握城市规划系统；都是尽可能地考虑到影响城市规划的各个因素，将城市规划编制与实施管理的整合放置在宏观社会、政治、经济、文化背景中解决；都是强调法治观念，体现规划权威；都是将动态的、发展的观点贯穿城市规划全过程。当然，由于国情不同，二者也有很大差异，如：本书构建的理论框架立足于我国城市规划实践，是根据我国社会、政治、经济、文化尚处于不断变化的态势，顺势而为的选择，具有更大的灵活性和发展空间，并且需要在实践中不断的修正和补充完善。

其次，本书构建的理论框架和国内现有理论与实践经验都是依据我国仍然处于社会主义初级阶段的基本国情，适用于我国城市规划理论与实践；都凸显了我国树立规划权威的法治转型；都需要在实践中不断检验和探索。当然，在现有理论和实践经验的基础上，本书构建的理论框架直指我国城市规划编制与实施管理的整合，尝试系统、清晰、完整地透析这一问题；不拘泥于具体的形式，拥有更大的灵活性和发展空间；在强调法权、强调控制的同时，更加注重以发展的眼光，全局通盘考虑问题。

第6章 实践应用示例
——南京市城市规划改革的实践

南京市城市规划改革起步较早，且一直在向前推进，规划编制与实施管理的关联性也越来越强，收到了巨大成效。当然，为了更好地适应未来城市发展的需要，南京市的城市规划仍然具有进一步提升的空间。本章即依据整合城市规划编制与实施管理的理论框架，对南京市进一步提升城市规划整体水平作一点思索。

6.1 一个整合的城市规划总体框架

显然，这一总体框架必须基于规划观念、规划体制和规划机制三个大方面。

6.1.1 规划观念

规划观念的更新，来自于理论和实践的学习和感悟。市规划系统的人员虽然都有一定的专业基础，但须进一步完善相关学习、创新制度，从而保证规划的观念能与时俱进。

第一，定期派规划人员到国外先进的城市学习、交流，接受规划编制和管理整合的新理念及国外城市规划的成功经验，定期对各区县，相关部门的领导进行培训。

第二，定期组织换位培训，组织规划编制人员学习规划管理的内容、方法和相关的法规规定；组织规划管理人员学习规划编制的理念和成果；组织规划编制人员与管理人员面对面的交流。

第三，建立规划部门与地方政府（区、县）的沟通、交流、反馈制度。

6.1.2 规划体制

（1）法规体系

假定《城市规划法》及《城市规划编制办法》等国家、部的法律、法规已作了修订，在此前提下：

第一，根据城市建设和经济发展的需要，在修改的《南京市城市规划条例》之下，需再分层次制定更具有指导性和可操作性的规划规章、制度和办法，从而为城市规划提供法规上的支撑和保障。

第二，重新审视现行的《南京市城市规划条例》和《南京市城市规划实施细则》。对其结构和内容作相应修改，特别要强调补充规划编制与实施管理相互关联的条款，并报江苏省人大常委会批准。

（2）财政保障

改变城市规划经费在城市建设维护资金中列支的模式（由市建委掌握），改由南京市财政直接列支，专户专用，并分为正常经费和特别经费两种（特别经费为进行某项特定工作的费用）。加大对规划的投入，从而从财政上保障规划经费的落实。

同时，市政府应给予市规划局一定的经济调节权力和手段，从而保证城市建设按照城市规划的要求实施。

（3）行政体系

1）成立南京市规划建设国土委员会,将现在的南京市建设委员会、南京市规划局、南京市国土资源局予以合并，由市政府直接领导、市长直接主管，可由一位副市长协助领导。该委员会负责全市的城市规划编制组织和审查，负责建设工程的管理和土地管理，从而增强规划部门的调控、协调能力，从组织上保证对城市建设用地的有效调控。

2）南京的规划管理（包括编制管理和实施管理）模式采取"两级政府、两级管理"的模式。规划编制管理注重前期要点和后期的审查；规划实施管理采用"垂直管理＋分级管理"的混合模式。从而调动区政府的积极性，使规划与地方经济发展有效结合。

6.1.3 规划机制

1）对现行的南京市规划审批委员予以改革。在组成人员方面包括专家和市民的非公务员应占多数，增加相关部门的名额，并以票决制形成决定意见。从而保证重大的规划项目、建设项目更加科学化、合理化，克服"金字塔"型的规划决策模式。

2）建立城市规划方面的"快速反应"机制，以减少和避免由于相互扯皮，疑而不决所造成的诸如城市建设用地无序增长的问题。

南京市规划建设国土委员会（前提是该委员会设置成立）要建立与市计划委员会、市经济委员会、市环境保护局、市园林局、市文物局等部门的规划例会制度。每月一次，共同对重要项目的规划编制、建设选址予以协商、会办。在日常工作中，建立固定的《工作联系单》制度，沟通情况，提高效率和共同把关。

3）创新现行的规划操作机制。①在规划方法上，要向更加灵活、更加具有指导性、更加适应快速发展需要的方向改进和创新，做到开门规划（引入国内外先进编制单位）、民主规划（使公众参与规划成为一种制度）；②在规划内容上，不拘泥于现行《城市规划编制办法》的要求，针对不同的对象，可以有不同的有针对性的内容；③在规划程序上，要建立规划编制与实施管理的相互反馈和融合机制。建立规划实施的监督机制等。

6.2　整合规划编制与实施管理的具体技术设计

从城市规划编制和实施管理整合理论的角度，南京市在法规方面，一是需要完善法规体系，二是需要修改法规内容。

6.2.1　城乡规划法律法规体系的改进

（1）完善城乡规划法规体系（如图 6-1 所示）

《南京市城乡规划条例》为第一层次，是全面的、原则的规定，由省人大常委会批准；第二层次是对《条例》部分内容的细化，由市人大常委会或市长令批准；第三层次着重于在具体运作过程中的第一方面的规范，由市政府颁布或由部门颁布。

（2）法规重点内容的修改

1）第一层次，《南京市城乡规划条例》必须增加或修改的内容

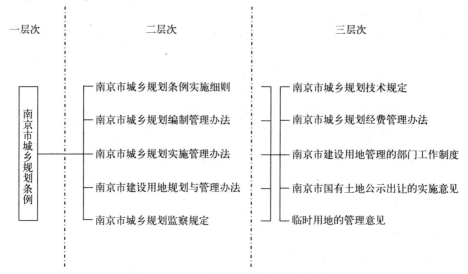

一层次　　　　　　　二层次　　　　　　　　　　三层次

南京市城乡规划条例

- 南京市城乡规划条例实施细则
- 南京市城乡规划编制管理办法
- 南京市城乡规划实施管理办法
- 南京市建设用地规划与管理办法
- 南京市城乡规划监察规定

- 南京市城乡规划技术规定
- 南京市城乡规划经费管理办法
- 南京市建设用地管理的部门工作制度
- 南京市国有土地公示出让的实施意见
- 临时用地的管理意见

图6-1　南京市城市规划与管理法规体系图

有：城市规划编制、规划编制管理与城市规划实施的关系；市区两级分级管理的内容；规划局与相关部门的责任与协同关系；建设用地的规划与管理等。

2）第二层次中，《南京市城乡规划条例实施细则》是《南京市城市规划条例》的细化，同样也需增加或修改的与《南京市城乡规划条例》同样的内容。

其中：

《南京市城乡规划编制管理办法》的修改内容有：

① 应包括三方面的内容，一是规划的编制；二是规划编制的管理；三是规划编制成果的法定定位。

② 增加规划编制成果修改调整的原则、办法和程序。

③ 规划编制内容中要规定：各层面规划均要增加经济分析和实施规划的内容；概念规划作为一种规划方法应贯穿规划编制的各个层面。

④ 调整规划编制内容，规定中可分两类。一类是必须具备的，另一类是可以灵活掌握的。

《南京市城乡规划实施管理办法》的修改内容有：

① 增加规划实施管理人员必须参与有关规划的编制的内容，增

加规划实施管理人员实施管理过程中，有对规划成果提出修改和调整的责任和义务。

② 增加管理过程中与计委、建委、国土局、环保局、文物局、园林局、房产局等相关部门的协同运作分工和程序。

③ 调整《建设项目选址意见书》和《建设用地规划许可证》的审批程序为：新增用地许可证，存量用地许可证，用途变更许可证，延期用地许可证，变更建设主体登记证等。

《南京市建设有地规划与管理办法》的修改内容有：针对建设用地，规定其编制的要求，管理的内容、方法和手段；针对不同的建设用地类型采用相应的管理机制。

《南京市城乡规划监察规定》的修改内容有：强调对违反城市规划法规的行为的处罚形式；强调对区县政府违规行为的处理方式。强调对规划实施的检查制度。

3）第三层次，特别要强调在规划实践过程中的相关活动的技术规定和操作办法。

6.2.2　规划编制机制的革新

（1）用地类型的界定便于实施管理

规划编制中，在传统的用地分类基础上，要从实施管理的角度去界定和划分，可划分三大类：严格控制保护用地、规定用途用地和引导用途用地。具体的内容见表 6-1。并在规划图及文本说明中予以表现和表述。这不仅体现了规划的弹性，而且也保证规划的有效实施管理。

比如，南京市宁南地区的规划中，对于绿地的规划就可以分为三类，一类是绝对保护，二类是适度建设，三类由管理人员视情况而定，见图 6-2。

（2）体现规划对管理的技术指导性

在总体规划中，提出的战略和规划意图要有具体化，可操作的模式解释。如在南京江北地区的总体规划中（见图 6-3），概念规划中的理念要有具体指导意义，就需要对其中标注的 1～9 块组团的规划概念具体化（见图 6-4），提出用地控制的指标，并进一步对每

建设用地分类表　　　　　　　　　　　　表 6-1

类型 ＼ 内容	规划要求	土地类别
特别控制用地	不变更用途，严格控制和保护，其范围内原则上没有建设行为	文物古迹用地 绝对保护公共绿地 绝对保护防护绿地 道路广场用地 社会停车场库用地 对外交通用地 市政公用设施用地
规定用途用地	在指定用途的前提下，在其范畴内的用地，可以根据审批程序作适当调整，或者对其地上的建设行为有较大的兼容性	行政办公用地 文化娱乐用地 体育用地 医疗用地 教育科研用地 特殊用地 一般性公共绿地 一般性防护绿地 其他公共设施用地
引导用途用地	强调合理用地的引导，但非强制性的可以根据现实情况予以调整	一类居住用地 二类居住用地 村镇居住用地 商业金融业用地 一类工业用地 二类工业用地 三类工业用地 仓储用地

图 6-2　南京市宁南地区绿地规划图

图6-3　南京江北地区概念规划图

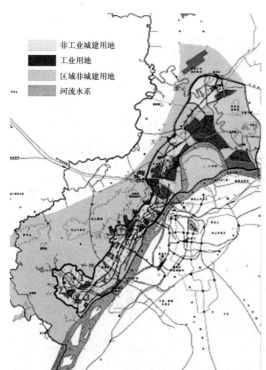

非工业城建用地
工业用地
区域非城建用地
河流水系

新镇主要技术经济指标：

土地使用		新镇1		新镇2		新镇3		新镇4		新镇5		新镇6		新镇7		新镇8		新镇9	
		用地(hm²)	百分比(%)	用地(hm²)	百分比(%)	用地(hm²)	百分比(%)	用地(hm²)	百分比(%)	用地(hm²)	百分比(%)	用地(hm²)	百分比(%)	用地(hm²)	百分比(%)	用地(hm²)	百分比(%)	用地(hm²)	百分比(%)
服务使用	居住区	953	60.3%	1,128	60.3%	847	60.3%	1,045	51.6%	985	51.6%	442	55.6%	746	55.6%	538	60.3%	562	60.7%
	商业区	101	6.4%	119	6.4%	38	6.4%	158	7.8%	149	7.8%	67	8.4%	113	8.4%	57	6.4%	0	0%
	教育	85	5.4%	101	5.4%	32	5.4%	134	6.6%	126	6.6%	57	7.1%	95	7.1%	48	5.4%	72	7.8%
	机关	24	1.5%	28	1.5%	9	1.5%	37	1.8%	35	1.8%	16	2.0%	27	2.0%	13	1.5%	20	2.2%
	绿地与公园	47	3.0%	56	3.0%	18	3.0%	74	3.7%	70	3.7%	31	4.0%	53	4.0%	27	3.0%	40	4.3%
	体育	12	0.8%	14	0.8%	5	0.8%	19	0.9%	17	0.9%	8	1.0%	13	1.0%	7	0.8%	10	1.1%
	工业	95	6.0%	112	6.0%	36	6.0%	149	7.3%	140	7.3%	0	0%	0	0%	54	6.0%	0	0%
	道路交通	160	10.1%	189	10.1%	61	10.1%	251	12.4%	236	12.4%	106	13.3%	179	13.3%	90	10.1%	135	14.6%
	预留地	8	0.7%	10	0.5%	3	0.7%	13	0.6%	12	0.6%	5	0.7%	9	0.7%	5	0.5%	7	0.8%
	基础设施与其他	95	6.0%	112	6.0%	36	6.0%	149	7.3%	140	7.3%	63	7.9%	106	7.9%	54	6.0%	80	8.6%
	小计	1,580	100.0%	1,870	100.0%	1,085	100.0%	2,027	100.0%	1,910	100.0%	795	100.0%	1,342	100.0%	892	100.0%	926	100.0%
特殊使用	山谷绿地	272		315		190		775											
	大学区	85		110						131									
	地铁维护站					40				40									
	高新产业									126									
	特殊工业											85		258					
	CBD区域																	292	
	铁路															278			
	小计	357		425		190		775		297		85		258		278		292	
	总计	1,937		2,295		1,275		2,802		2,207		880		1,600		1,170		1,218	

图6-4　组团用地指标控制图

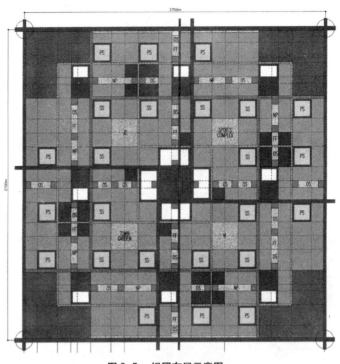

图 6-5　组团布局示意图

资料来源：新加坡雅思博设计事务所。

一个组团的布局予以图示指导（见图 6-5），从而体现城市规划的连续性和技术指导性。

（3）制定规划编制的动态修改程序

除了对《南京城市总体规划》、《南京主城分区规划》每 5 年左右一次的系统调整之外，对局部的调整应是动态的，是有程序的。特别是对河西地区土地利用规划、仙林新市区土地利用规划、宁南地区土地利用规划等，更应如此。从而使规划更加贴近和满足经济发展的需要。

以城市总体规划的局部调整为例，其程序如图 6-6 所示。

6.2.3　规划实施管理机制的改革

（1）机构设置

实施管理实行派出机构，但区县也有一定的管理权限。具体机构模式如图 6-7 所示。

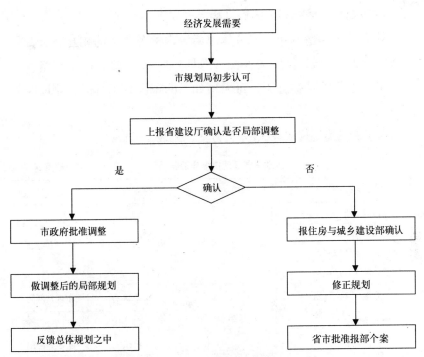

图 6-6　总体规划局部调整程序

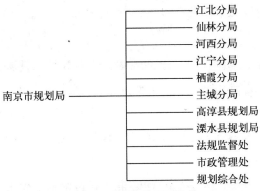

图 6-7　规划机构设置模式

分局可采用部分公务员编制、部分事业单位编制（参照公务员管理）。

（2）管理权限

派出机构（除主城分局）外实行双重管理，即市规划局实行垂直领导，区政府对人员有评议权、建议权，县规划局也是双重领导，由县政府垂直领导，市规划局实行业务指导。

市规划局主城分局为内设机构，市局直接管理。

从整体上考虑问题，充分体现系统内部各要素的相互整合，强调遵守"四个一"，即一张蓝图（规划）、一套法规、一个网络、一个队伍的原则的前提之下，可采用如下的市区分工（以江北地区为例）：

1）规划编制管理权限分工方案，见表6-2。

规划编制管理权限分工表 表6-2

规划类别	组织编制	评审	审批
总体规划	市、区共同组织	市（省）组织	市（省）政府
分区规划			
风景区总体规划			
重要地区详细规划			
一般地区详细规划	区组织	市组织	市规划部门
一类镇规划		市（省）组织	市（省）政府
二类镇规划		区组织	市规划部门

注：1. 与城市规划有关的专业规划由其主管部门组织编制，市规划部门进行综合平衡；
　　2. 本表未涉及的其他规划编制项目，由市区规划部门共同商定；
　　3. 涉及高新区和化工园的规划编制参照区标准执行；
　　4. 具体的规划内容待下一步明确。

原县规划编制权限：除县域城镇体系规划、县城总体规划由市会同县政府编制以外，其他层次的规划由县组织编制、评审和审批。

原区规划编制权限：除区所在的外围城镇总体规划由市规划部门会同区政府编制外，详细规划基本上由市规划部门组织编制、评审和审批。

现分工方案：区参与所有层面规划的编制组织工作，重要的总体规划、分区规划、详细规划、风景区规划由市和区共同组织编制。

2）市区规划实施管理权限工作分工方案。

原县规划管理权限：除一定规模用地（1992年为耕地5亩、其他土地15亩）的选址手续，国家、省、市重点建设项目的用地和建筑许可证由市规划部门办理外，其他项目全部由县规划部门办理。

原区规划管理权限：个人建房以及位于指定地区以外的不需划拨用地的区属以下单位200m² 房屋建筑许可证。

现分工方案：以规划成果和规划法规为依据，以加强服务和促进发展为主线，以规划地域（重点、一般）及建设项目类别为市区规划管理分工的切入点，提出分工方案，见图 6-8。

下述重点地区内的建设项目保持原市、区两级分工：

① 城市化密集地区；

图 6-8　江北地区市区规划管理分工示意图

② 中心区（行政中心区、商业中心区、物流中心等）；

③ 重要风景区及城市生态走廊；

④ 市级以上文保单位建控范围内；

⑤ 铁路、城市轨道交通两侧、高速公路两侧各 200m、城市快路两侧 150m、主干道两侧各 120m 和城市次干道两侧各 80m 范围内；

⑥ 长江岸线及其陆域 1200m 范围内；

⑦ 河道两侧各 100m 范围内。

具体界线分别由两区的城市总体规划确定。

对城市布局有重大影响的建设工程、区域性市政公用设施建设工程、部队和保密建设工程以及市政府确定的其他重大工程等，由市规划部门审批，除此以外的其他建设工程由区规划部门审批。

省级以上开发区按照宁政发 [2001]17 号文执行；重点乡镇企业园区按照宁委发 [2002]13 号文执行。

3）加强分级管理后的规划监察和批后管理工作。

① 市规划部门定期对区规划管理情况进行检查；

② 市规划部门有权对区违法审批、越权审批和不适当审批予以否决吊销规划许可证；

③ 市规划部门对区规划管理部门负责人任命有评议和建议权，并将会同市人事部门定期对区规划管理部门进行评议考核；

④ 市规划部门指导、监督和支持区规划部门批后查处，通过行政复议方式实施对区规划管理进行监督。

4）市区规划管理机构设置建议。

方案一：设立市规划局江北分局，建议编制为 18 ~ 20 人，全民事业单位，作为派出机构代表市规划部门负责江北地区的规划管理工作，并在两个区设立分支窗口，方便区和建设单位。

方案二：两区各设立一个市规划局直属分局，各分局编制为 10 ~ 12 人，作为在江北地区的派出机构，代表市规划局行使规划管理职能，区对分局有人事评议权。

方案三：市规划局设置江北分局，两区分别设立区规划局，由所在地区人民政府实施党政领导，市规划局具有人事评议权并加强指导、检查和评比。

　　说明：本节成稿于 2003 年，时间较早。至 2007 年，南京市规划局具体的组织架构已调整为：局系统内设 10 个处室，即办公室、综合管理处、测绘管理处、规划编制管理处、市政规划管理处、法规与监督处、人事教育处、总工程师办公室、机关党委、监察室等；7 个直属行政机构，即城中直属分局、城东直属分局、河西直属分局、城南直属分局、江宁直属分局、浦口直属分局、六合直属分局；3 个下属单位，即南京市城市规划编制研究中心、南京市城市建设管理规划监察大队、南京市城市建设档案馆。（见图 6-9）

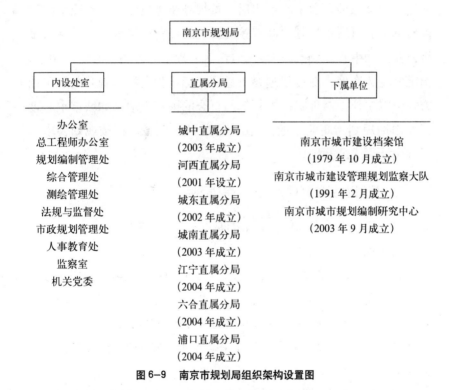

图 6-9　南京市规划局组织架构设置图

　　架构图中可以看出，规划局现行的组织架构与笔者当初提出的模式大体是相同的，除了局机关常设处室外，以规划单元为基础成立分局开展相应片区的规划管理工作，并与地方政府规划主管部门建立起良好的协同机制。通过近几年的工作实践，现行分局制管理模式取得了良好的管理成效。同时，这种市、区两级规划管理体制对于协调好市、区两级政府之间的关系，发挥了积极的作用。

（3）综合的管理运作手段

首先，要赋予南京市规划建设土地委员一定的经济手段和处罚权限，在技术手段失灵时，就采用经济手段等非技术手段来调换土地，调整不合理的规划建设国土委员会可以采用强制的措施，纠正违规行为，从而达到有效控制和配置土地资源的目的。

更重要的有效手段是成立市规划土地储备中心，建立规划用地储备制度。将规划中的绿地，划给中心给予运作；对绝对保护地绿地，由中心投入资金维护管理，其他建设单位不得再拥有；对可适度开发地绿地，由中心征用后，按规划要求条件公开出让给拟建设地单位。对城市规划实施有较大影响的经营性用地。如：城市多级公共活动中心，市政公用设施（污水处理厂等）由中心统一预征，由毛地变为净地，在按规划要求通过招标、拍卖和挂牌等公开出让方式予以出让。对现状与规划部门符合的国有土地（如城市中心地工业用地规划为商业用地），由中心收购、储备，再按规划要求以毛地出让形式公开出让。

6.2.4 规划编制和管理人员交流制度的建立

（1）建立编管资源信息共享的制度

其中包括：

1）设置规划信息平台。由南京市规划局直属的城市规划信息中心负责，将规划局审批的信息，有关政策法规，市规划院、市交通规划研究、局城市规划中心的编制成果建立一套系统，并及时更新。对外省市或本省规划院承担的成果，也由局规划处交于信息中心，一并上网。

2）设置编制、管理人员可直接对话的界面，保障良好的信息沟通渠道。

（2）建立编管人员协同工作制度

其中包括：

1）重要的编制项目，如地区总体规划、分区规划、土地利用规划和重要的选址项目，如占用地规模较大，外资大项目、大型房地产项目、有污染的工业项目等，实行编制管理人员共同负责的"双项目负责人制"，协作完成。

2）实行重要项目的"局院联席会议制"，每1～2周召开一次，编制、管理人员共同会审。

3）实行部分编制、管理人员的不定期交换岗位制，可在局副处长以下岗位实行。市规划局的规划用地处人员与市规划院的总体规划室人员可不定期地交换岗位；市规划局市政管理处人员可与市交通所的人员不定期地交换岗位。

6.3　小结

本章对规划编制与实施管理整合理论在实践中的运用以南京市为例作了思考。显然，在理论框架之下，大量的工作将取决于很多技术性的设计，比如地方规划法规体系的完善、规划行政体制的优化、规划编制机制的革新和规划实施管理机制的改革等。创新思维、设计方案本就是规划师的职责所在，我们有理由期待智力密集型的规划行业在这些方面不断有新的突破。

第7章 结 论

7.1 主要研究结论

本书关注我国城市规划编制与实施管理的整合问题，尝试揭示其中存在的问题，并对可能的改进作了理论上的发展。围绕构建中国特色的城市规划编制与实施管理整合机制这个主题，进行了较为系统且有针对性地探讨，所有的结论可以归结为以下6点：

第一，我国现行城市建设用地的规划编制与实施管理表现出非整合性：两个元素或两种行为、两个体系之间未能建立一种紧密互动、反馈协调的内在共振关系。

规划编制与实施管理之间的非整合性早已被认知（虽然可能没有被如此称谓），本书进一步通过对相关法律法规体系、观念、两个第二个层面行为的具体运作规程等的考察，分析指出二者相互关系的非整合性质，如从国家到地方的规划法律法规编制和实施管理都是分章设置；都没有明确的要求编制与实施管理协同运作的规定；都没有规定两者的相互融合交叉操作的程序和具体的内容办法等。

由此得出：我国城市规划的一个核心特征是规划编制与实施管理的非整合性，即规划环节和规划的实施、监控环节各自有自己的独立系统，具体表现在：

1）法律法规层面。从国家的原《城市规划法》到地方政府的规划法规和条例中，规划编制和实施管理都是分章设置；都没有明确的要求编制与实施管理协同运作的规定；都没有规定两者的相互融合交叉操作的程序和具体的内容办法。

2）运作机制层面。规划编制与实施管理间的运作机制，各城市都不尽相同，但从一般的机制可以发现，两者之间或两个系统之间，系统自身的独立性完整性往往大于系统之间的关联力。表现在整个相互的运作程序逻辑上不严谨，缺乏关联性；在相互的运作过程中各级领导的意志体现较强；规划编制部门与规划管理部门缺乏有效的沟通机制；规划编制与规划编制管理间、与规划实施管理间的修改调整缺乏有效机制。

3）内容要求层面。规划编制与规划实施管理在内容设置方面都过于强调自己系统本身的完善，而忽略了两个系统之间的关联。如城市总体规划的编制就规定了四方面的内容：基础资料的调查整理与分析、确定城市性质、预测城市规模和城市总体布局。实施管理则规定其核心内容是核发建设项目选址意见书、建设用地规划许可证和建设工程规划许可证。

第二，当前城市发展中，城市规划调控失灵，集中体现在城市建设用地"急功近利"的"无序"增长，且已成为突出的问题。

本书通过对一般证据和部分城市个案事实的进一步定量分析、图形分析等，评估认为两者的非整合性导致的结果最终体现在规划调控的失灵，城市规划确定的城市增长的目标几乎难以实现，城市发展的空间及时序等与实际结果相距甚远，城市规划调控空间资源的力度越来越弱。具体以城市建设用地为例，主要表现在：

1）在数量上的调控失灵。合理增长的理念被抛弃，规划预期的建设用地总量，在实施结果中往往有很大突破，并且在现实发展中滋生着一个错误的逻辑，即衡量一个城市是否有效地发展，似乎仅在于经济发展的速度和量值。而经济量值的增长，似乎又依赖于立即取得一个"成熟"的空间。那么只有在基础设施和公共设施相对完善的区域发展，或者在"成熟"空间紧邻的空间发展，否则就会丧失经济发展的机遇，就会带来现阶段经济上巨大的损失，就会带来许多的现实社会矛盾。从这么一个高的角度，城市的用地空间就只能毫不犹豫,缺少有选择的供给。合理增长的理念已成为"绊脚石"，这决不是危言耸听。

2）用地性质转变的无序。由于对城市化片面地理解为仅是农业人口转为非农人口的数量增加，可持续发展受到冲击，将农业用地转为非农用地的现象急剧增加。在加快城市化进程的环境下，在城建用地总量不断增加的同时，城建用地的性质也发生着变化。而且城市经济发展越迅速,城建用地性质的转变也就越频繁。各类开发区、工业园区、大学城一哄而上,遍地开花,使得大量的农业用地,甚至生态绿地转变为工业、游乐用地和其他建设用地。造成城建用地呈现散乱、破碎和无序的状态,城市合理的用地结构遭到破坏。

第三,规划编制与实施管理在观念方面、机制方面和体制方面的不整合,使得城市规划缺乏指导性、引导性和有效的管理措施,是造成城市规划调控失灵的重要原因。

宏观数据和一些城市的实例,揭示了我国存在着严重的城建用地无序增长现象。并进一步的分析揭示了"不整合"与"无序增长"之间的紧密关联,验证了规划编制与实施管理之间的不整合不仅导致对已经出现的城建用地无序增长的无力控制,未能充分反映实施管理的需要或随时高效地接受实施管理过程中所获得的发展的新变化、新因素。所以规划文本、图纸有时根本无法有效面对发展的现实,从而导致实践中规划失效的出现,使发展进入"规划真空"的状态,更在一定程度上诱使新的无序增长的发生。同时也证明了城市规划编制与实施管理之间的不整合所具有的巨大危害性。因此,规划编制与实施管理的非整合性是造成城市规划调控失灵的重要原因,具体如下:

1)责任主体观念上不整合。

首先,规划编制主体没能以实施管理的观念来编制规划。更多地是以理想地建立一个美好的图景作为出发点,推出近期为实现远景理想目标的规划要求,并把自己的意志强制性推给管理者、使用者,推给城市。殊不知,这种以远景终极状态来设计现在的观念和思想方法,与城市是从现在开始一步一步发展,逐步走向完善(美)的现实的客观发展规律是难以找到协同关系的。规划编制主体没有与实施管理主体主动沟通的意识。不是在编制前、编制中各阶段去主动与规划管理人员沟通、了解需求、了解实施的难易度,在规划实践中必然会矛盾重重,甚至实施走样或落空。

其次,规划管理人员缺乏规划长远目光和先进理念,缺乏与编制人员平等沟通的意识,缺乏对规划编制的理解和尊重。往往是就事论事,着眼点是以用各种现实的手段把在手的事情怎样处理掉为目标。往往会把自己作为第一线的战斗人员，规划编制者是后勤保障人员，甚至有的管理人员把规划成果仅当作"自己不想许可的挡箭牌"，对城市规划的管理必然是缺乏合理地引导。

2）缺乏有效的整合机制。缺乏技术层面和社会层面的协同机制，注重了规划的技术属性，而忽略了与规划的社会属性协同机制的建立；规划程序上的协同性不够，几乎每个大城市都制定了规划的运作程序，但是，其中每道程序之间都被人为地强调了个性，造成了隔离性，而没有强调程序之间的协同性；规划内容的界定关联性较弱，从规划编制的内容和规划管理的内容上看，相互间的关联不十分密切，甚至独立的成分较大，很容易造成"左手托编制，右手拿管理"的隔离性；传统的规划方法影响了协同发展，规划编制人员固存着均衡、理想的概念，以固定模式在编制规划，规划管理人员则以静态的管理方法，以重结果轻过程的方法被动地管理着城市的建设行为；缺乏协同的制度，在城市规划的整个过程重，由于没有明确严格的相互参与、融合为一的运行制度，从机制上就不能保证城市规划的有效调控。

3）缺乏有法规效力的协同体制。法规体系中缺乏明确的协同条文规定部门地方的法律法规，大多人为地将规划编制与规划管理分为两个体系，而分别予以制定规定，这不可避免地造成不协同。

政策体系中忽视了协同决策机制，从决策的层面上看，缺乏集体决策的机制，或者说"集体决策"也是"中心决策"，即少数和某个人的决策行为，而个人的能力水平是有限的，决策的结果必然会有失偏颇，甚至是错误的。

经济体系中不重视协同。城市在快速发展的过程中，经济的发展指标几乎成了各城市追逐的非常重要目标，成了衡量城市发展的砝码，成了评价领导政绩的标识，为此可以以牺牲规划为代价。殊不知城市规划的重要作用在于它本身就是实现城市社会经济发展目标的综合性手段。它所追求的是社会、经济、环境三位一体的效益。不重视城市规划就是不重视城市综合、整体、协同的发展，就是"自杀式"的单一面的短期发展，决不会达到可持续的发展。

第四，系统论、协同学、精明增长理论以及国内外实践经验，为城市规划编制与实施管理整合理论的构建奠定了基础。

1）系统论。城市规划包含着多个子系统的众多要素，因此，研究必须牢牢把握整体，单独地研究城市规划的某一方面，如规划的程序、规划的理念、方法等，都不可能去确切地认识问题的本质，更实现不了解决某大系统无序的问题。同时，整体性会要求我们注重协同，会站在另一高度俯视子系统，从而高度的支撑子系统之间的相互作用，控制着它们向有序的方向发展。

2）协同学。城市规划系统中，如果我们通过控制有关因素（参量），比如：规划观念、规划控制、规划体制等，同时创造一定的规划环境条件，研究整体的协调和协作，充分激发系统的内部自身组织功能，就完全可以在系统内部形成"有组织的世界"，就可以达到由无序到有序的临界点，就可以通过关联起主导作用的协同运动，达到规划系统的耦合。

另外，一个由大量子系统构成的城市规划系统，如果其内部各个子系统间（如规划编制系统和规划管理系统），通过相互作用达到了协调一致的行动，即产生了协同作用，那么在宏观上就必然会出现新的有序结构。

当然，相关规划控制要素（序参量）之间也存在着竞争与协调，而它们之间的协同合作同样也决定着系统的有序结构。就是规划观念、机制、体制之间也要协同，也要共同发挥作用。这样，就会给出这样的直观描述：规划编制系统与规划管理系统，客观上具有自我组织协调一致的功能，但需要一定的环境条件，需要对规划观念、机制、体制予以控制，促进它们间的协同一致，并共同作用于规划编制与实施管理系统。

3）精明增长管理理念。

首先，空间规划需要与相关规划协同。单纯的空间规划不能称其为一个完整的规划，或者说不能保证规划的有效实施，必须向管理的规划方向发展，必须用文字型政策的规划来弥补图纸规划的缺失，必须有相应的运作程序机制和财政的支持规划作保障。通过规划、政策管理的协同达到规划有效实施的目标。也就是说，要对现有规划的模式和内容进行整合和革新。

其次，要注重多视角高层次的协同，包括两方面的含义，一是跳出规划看规划，把规划的全过程看作是一个对象，不孤立看某一环节，而注重过程中各层面的协同运作。对全过程中的每一环节及环节之间都应有相应的规划策略，即要对规划的过程进行整合与革新；二是站高一个层次看规划，把本层次规划遇到的矛盾，纳入到高一层次的系统中，降低矛盾的"级别"，寻求矛盾体之间的协同，比如对规划编制与实施管理在内容上的不整合，可以将之放在规划机制的系统中整合解决，甚至放在规划观念、机制、体制整合的系统中解决。这样，通过诸因素间、诸系统间的相互作用，就会较彻底有效地解决内容上的不整合。

4）国内外实践经验。国外城市规划的先进理论与实践经验对我国城市规划编制与实施管理的整合有十分重要的借鉴意义，但是由于我国的基本国情、社会、经济、法律、文化等各因素仍然处于激烈变化之中，并且城市规划发展历程较短，我们不能在短期之内达到国外城市规划的发展阶段，因此也不能生搬硬套国外城市规划系统。所以，对国外城市规划的先进理论与实践经验的借鉴，可以从以下几个层面入手：首先是从整体上把握城市规划系统的系统论思想，各因素之间密切协同的协同学理论；其次是从法律上保障城市规划权威的法治观念；再次是面对社会生活实际情况灵活调控的发展观点；最后是培养全国民城市规划素养的教育理念。

国内深圳法定图则、广州城市规划编研中心的出现，标志着我国城市规划编制与实施管理的整合已经取得了长足进步，但是在"人治"大于"法治"的现实政治环境下，法定图则、编研中心在运行中出现了各种各样的问题，而这些问题产生的根源不在于这些新机制本身，而是由于宏观经济、社会、政治等环境的影响，所以对于法定图则等目前能够发挥的作用应有一个客观清醒的认识。因此，只能立足于我国国情，逐步吸纳先进理论与实践经验，循序渐进地整合城市规划编制与实施管理。

总的来说，城市规划编制与实施整合方面，国外西方发达国家城市规划理论与实践远远走在我们的前面，我国城市规划需要借鉴国外先进经验，但是我们没有必要自惭形秽，始终要立足中国国情，积极探索实践，循序渐进，在发展中整合，在整合中发展。

第五，城市规划编制与管理的整合理论包括战略构建和总体构建，其内涵是系统整体地分析城市规划编制与实施管理的关联性及影响要素，从观念、机制、体制等方面，研究和构建某一方面和几个方面之间的协同关系。

1）整合体系构建框图，见图 7-1。

规划观念、规划机制和规划体制组成一个已经整合的影响因素系统，共同作用于将规划编制与管理作为一个整体的对象系统，构成整合理论体系的主从框架。并在整合理论体系之下，分别分析、归纳、产生新的城市规划编制系统、城市规划实施管理系统、以及城市规划编制与实施管理的关联系统。其中：

规划编制系统：融入了对城市规划的研究和对规划实施管理的

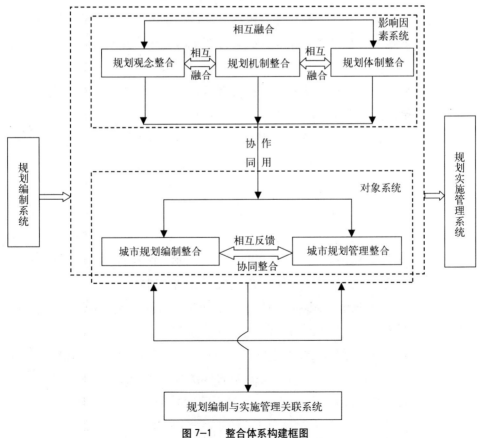

图 7-1 整合体系构建框图

研究内容，并分成规划编制制定系统和规划编制管理系统，建立了两个子系统的关联。

规划实施管理系统：融入了现代化的规划管理理念和规划编制成果为依据的思路，构建了在法规、经济、行政体系完善和支撑下的实施管理的运行机制。

规划编制与实施管理关联系统：构建了两者紧密相关联系统，突出强调构建了规划编制与实施管理、信息共享、相互反馈、相互融合、相互参与、互为前提的机制。

2）整合体系总体构建，见图7-2。

总体构建是细化战略框架的内容，对各外部整合影响系统中的规划观念、规划机制和规划体制要素，对对象系统中的规划编制和规划管理要素从内涵上逐一展开并分析关联性，提出如何进行规划协同的理念和措施。

第六，在规划整合理论指导下，南京市的实施策略可以从规划法规、规划机制、综合方法等方面予以运作，并以具体的案例加以说明和诠释。

在城市规划编制与实施管理整合框架指导下，从以下几个方面提出南京市规划编制与实施管理的整合策略。

1）城市规划的法规体系。一是提出对南京市城市规划法规的体系修改；二是对体系中重点包含的内容给予了阐述。

2）规划编制和管理人员的交流。提出建立规划教育培训的制度；建立编制管理资源信息共享的制度；建立编制管理人员协同工作制度。

3）规划部门与相关部门的整合机制。设置南京市规划建设国土委员会；建立该委员会与相关部门的协同机制。

4）规划编制的机制革新。革新技术方法体现规划对管理的技术指导性；建立规划编制的动态修改机制。

5）规划实施管理机制。提出局系统机构设置意见；选择"垂直管理＋分级管理"的综合模式划分管理权限；运用综合的管理运作手段于规划实践。

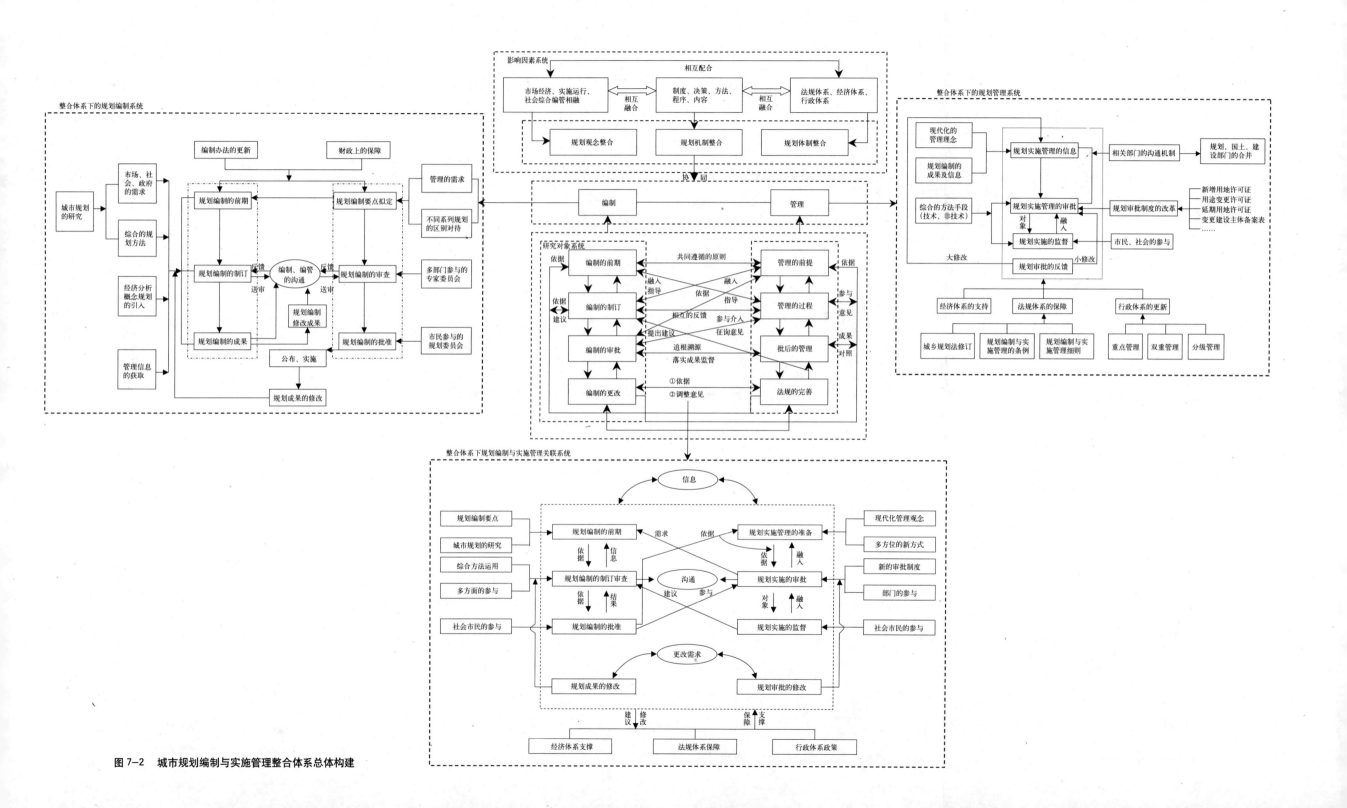

图 7-2　城市规划编制与实施管理整合体系总体构建

7.2 有待进一步探索的问题

本书提出的城市规划编制和实施管理的整合理论，建立了相关理论框架，但限于时间和精力，总体上着眼于对现行体制的"改良"，因此这一新理论可能不是最理想的，也可能是不完善的，会受到现行体制框架的有形或无形的桎梏，并且有些问题需要进一步解决，如：规划编制与实施管理的"非整合性"，应控制在什么样的程度就是合理的？未来如果可能，将研究完全依据逻辑和理论基础，从城市规划调控行为的目标出发，独立构筑"城市规划调控行为理论"，这一新的理论，可能是对现行体制的"革命"性突破。

另外，本书对整合理论的提出和解释实际上着重于对整个体制框架的宏观、总体把握，尽管对各个具体操作层面作了较深入的演绎，但可能与实践应用的需要之间还有一段距离，这有待于未来的进一步研究。并且本书的出发点主要是规划自身的完善和改革，对于影响规划的外部环境的完善和改革，仅作了初步地拓展，这同样需要进一步研究。

参 考 文 献

[1]   American Planning Association. *Smart Growth*，2001.

[2]   Callingworth，J. & Nadin，V. *Town & Country Planning in the UK*. London: Routledge，1997.

[3]   Center for Urban Police Research Retugers University. *The Cost of Sprawl——Revisited*. Washington D.C.:National Academy Press，1998.

[4]   City of Edinburgh District Council.（1993）. *South West Edinburgh Local Plan*.Greed，C.（1996）. *Implementing Town Planning*. Longman Group UK Limited.

[5]   *Introducing Town Planning*. Longman Group UK Limited，1993.

[6]   Davidoff，P. Advocacy and pluralism in planning，*Journal of the American Institute of Planners*，1965，Vol. 31(4).In: S .Campbell，& S.Fainstein，eds. *Readings in Planning Theory*. Blackwell Publishers，1996，305-322.

[7]   Chen，D . *Smart Growth America*，2001.

[8]   Howard，E. 明日的田园城市 . 北京：商务印书馆，2000.

[9]   Bacan，E. N. 城市设计 . 北京：中国建筑工业出版社，1989.

[10]   Roble，F.（1999）. Who Benefits From Smart Growth? *Planner Network*，November/ December 1999.

[11]   夏菲尔，F. 英国的新城运动 . 国外城市规划 . 1983（1）.

[12]   哈肯，H. 高等协同学 . 北京：科学出版社，1989.

[13]   Industry Professionals and NAHB Staff. *Land Development*. National Association of Home Builders，1987.

[14]   Innes，J. Planning through consensus building.*APA Journal*. Autumn 1996: 460 ~ 472.

[15]   LYNCH & HACKZ. 成启琳译 . 敷地计划 . 台北：詹氏书局，1984.

[16]   Paul Knox，*Urban Social Geograp by an Introduction*，Longman Group Limited, 1982.

[17]   Planning of TOKYO, 1996.

[18]   Report on Urban development Frankfurt, 1995.

[19]   Taylor，N. *Urban planning theory since* 1945，SAGE Publications Ltd，1998.

[20]   The American Planning Association. A Smart Growth Aagenda for Ohio，2001.

[21]   Tom Angotti. How Smart Growth Can Save Growth. *Planner Network*，1999.

[22]   Tyne and Wear development corporation，Action plan 1993 ~ 1994.

[23]   W. 奥斯特罗夫斯基著 . 现代城市建设 . 北京：中国建筑工业出版社，1986.

[24]　白晓东，纪庭军．土地利用总体规期编制与实施管理存在问题及对策．国土论坛，2001：13～14．

[25]　北京大学城市与环境学系．南京市人口与城市化发展战略研究，2000．

[26]　曹春华．对城市规划运行机制的思考．学术交流论文，2002．

[27]　曹传新．美国现代城市规划思维理念体系及借鉴与启示．人文地理，2003，18（3）：23-27．

[28]　陈秉钊．论城市规划的分级管理，综合管理和垂直管理．城市规划汇刊，1999（5）．

[29]　陈启宁．借鉴新加坡经验，促进我国城市规划管理的制度创新．城市规划，1998（5）．

[30]　陈雯．我国区域规划的编制与事实的若干问题．长江流域资源与环境．2000，9（2）：142～147．

[31]　程大林，李侃桢，张京祥．都市圈内部联系与圈层地域界定．城市规划，2003（11）．

[32]　程茂吉，李侃桢．南京滨江地区跨世纪发展的战略思考．城市研究，2000（4）．

[33]　崔功豪．中国城镇发展研究．北京：中国建筑工业出版社，1992．

[34]　崔功豪，马润潮．中国自下而上的城市化发展及其机制．地理学报，1999（2）．

[35]　渡边俊一．林镝根译．日本和美国的土地利用规制．国外城市规划，1994（2）．

[36]　法国土地规划和城市规划司，国土规划和城市规划，1997．

[37]　方倩，崔功豪，朱喜刚．2000年东京都市区战略规划评价．国外城市规划，2003，8（5）：41～44．

[38]　方创琳．中国区域发展规划编制与实施的病理分析及根治途径．地理科学，2001，21（2）：97～102．

[39]　方创琳．论区域与城市发展规划编制与实施的一体化．城市规划，2002，26（4）：15～17．

[40]　冯雨峰，吴为．建立与大都市区建设管理相协调的城市总体规划编制体系——以杭州市为例．城市规划汇刊，2002（6）：17～22．

[41]　范钟铭，普军，周俊．转型时期深圳的城市发展策略．城市规划，2006，30（9）：69～73．

[42]　高映轸，潘家华，顾志明．土地经济问题再认识．南京：南京出版社，1996．

[43]　高中岗．城市土地使用中规划失控现象的剖析．规划师，2000（5）．

[44]　顾朝林，甄峰，张京祥．积聚与扩散——城市空间结构新论．南京：东南大学出版社，2000．

[45]　顾朝林等．经济全球化与中国城市发展．北京：商务印书馆，1999．

[46]　顾海良，冯文光主编．它山之石——西方发达国家市场经济体制概况．山东人民出版社，1993．

[47]　广州市规划局等．广州城市总体发展概念规划的探索与实践．热点追踪，2001，25（3）：5～10．

[48]　国家计委政策研究室．迈向2020年的中国．北京：中国计划出版社，1997．

[49]　顾朝林，胡秀红．新时期的中国城市发展新动向．城市问题，1998（3）．

[50] 郭素君.对深圳市规划委员会身份的认识及评价.In 规划 50 年——2006 中国城市规划年会论文集.城市规划管理,2006：275 ~ 281.

[51] 郝娟.英国土地规划法规体系中的民主监督制度.国外城市规划,1996（1）.

[52] 何流,崔功豪.南京城市空间扩展的特征与机制.城市规划汇刊,2000（6）.

[53] 黄林,罗彦,葛永军.深圳市城市规划及管理前瞻性问题研究.城市规划,2006,30（9）,74 ~ 78.

[54] 杭州市规划局.杭州城市总体规划（2001 ~ 2020）,2001.

[55] 华晨.城市竞争—影城城市发展和规划的双刃剑.城市规划,2002,12（2）.

[56] 华东师范大学.南京市可持续发展与人居环境研究.2000.

[57] 洪亮平,朱霞.新形势下城市规划专业教学探讨.城市规划汇刊,2000（5）.

[58] 洪再生,杨玲.转型期我国特大城市规划编制体系的创新实践比较.城市规划学刊,2006（6）：79 ~ 82.

[59] 黄光宇,龙彬.改革城市规划教育,适应新时代的要求.城市规划,2000（5）.

[60] 黄明华.分期规划：持续与接轨.城市规划汇刊,1997（5）.

[61] 蒋万芳,孙翔.对广州城市规划编制体系的若干思考.中国建设信息,2007（15）：32 ~ 33.

[62] "建立适应新时期社会,经济发展的规划编制和规划管理方式研究"课题组编.建立适应新时期社会和经济发展的规划编制和规划管理方式.北京规划建设,2002（2）：10 ~ 13.

[63] "建立适应新时期社会,经济发展的规划编制和规划管理方式研究"课题组编.建立适应新时期社会和经济发展的规划编制和规划管理方式（续）.北京规划建设,2002（3）：16 ~ 18.

[64] 江苏省社会科学研究院.南京市 2005 ~ 2010 年社会发展趋势及城市建设对策研究,2000.

[65] 江苏省科学技术协会.城市化进程与城市可持续发展.南京：东南大学出版社,1997.

[66] 金经元.社会,人和城市规划的理性思维.北京：中国城市出版社,1995.

[67] 雷翔.城市规划决策程序的若干问题探讨.规划师论坛,2001,17（4）.

[68] 李广斌等.我国区域规划编制与事实问题研究进展.地理与地理信息科学,2006,22（6）：48 ~ 53.

[69] 李江,侯学平,罗宏明.土地利用规划编制和管理系统.信息技术,2004（4）：22 ~ 31.

[70] 李侃桢,童本勤,程同升.南京主城人口合理容量研究.城市规划,2003（5）.

[71] 李侃桢,何流.谈南京旧城更新土地优化.规划师,2003（10）.

[72] 林炳耀.城镇体系规划的性质与政策分析,城市规划汇刊,1997（2）.

[73] 林广,张鸿雁.成功与代价——中外城市化比较新论.南京：东南大学出版社,2000.

[74] 林坚.城市总体规划中建设用地经济评价浅析.1999（12）.

[75] 刘家强.中国人口城市化——道路,模式与战略选择.重庆：西南大学出版社,1997.

[76] 鹿心社.创新发展理念,经营城市土地.中国地产市场,2002（6）.

[77] 路甬祥,牛文元等.21 世纪中国面临的 12 大挑战.北京：世界知识出版社,2001.

[78] 金广君. 美国的城市规划和管理. 国外城市规划, 1986 (1)：8 ~ 12, 21.

[79] 孙晖, 梁洪. 美国的城市规划法规体系. 国外城市规划, 2000 (1)：19 ~ 25.

[80] [美] 凯文·林奇著. 城市形态研究. 北京：华夏出版社. 2001.

[81] [美] 凯文·林奇著. 城市意象. 北京：华夏出版社, 2001.

[82] 孟晓晨, 刘旭红. 从城市规划法看澳大利亚城市规划管理体制的特点. 国外城市规划, 1999 (4).

[83] 南京地政研究所. 中国土地问题研究. 北京：中国科学技术大学出版社, 1998.

[84] 南京师范大学. 南京市域城镇空间形态研究, 2000.

[85] 南京市规划局. 南京通志——城市建设规划卷, 2000.

[86] 南京市规划局. 南京城市规划 (1980 ~ 2000), 1980.

[87] 南京市规划局. (1990). 南京城市总体规划 (1990 ~ 2010).

[88] 南京市规划局, 南京市城市总体规划调整 (1991 ~ 2010), 2001.

[89] 南京市规划局, 南京通志——城市建设规划卷, 2000.

[90] 南京市规划局, 南京市规划工作会议文件汇编, 2005.

[91] 南京市规划局, 新加坡雅思博设计事务所. 南京江北地区概念规划, 2002.

[92] 南京市委办公厅课题组. 南京市未来 5 ~ 10 年经济社会发展研究, 2000.

[93] 潘安, 吕传廷. 新时期城市规划编制与研究工作的探索与思考——广州市城市规划编制研究中心的成立与发展. 城市规划, 2006, 30 (10), 49 ~ 54.

[94] 钱学森等著. 论系统工程. 长沙：湖南科技出版社, 1982.

[95] 任致远. 21 世纪城市规划管理. 南京：东南大学出版社, 1999.

[96] 唐子来. 英国城市规划核心法的历史演进过程. 国外城市规划, 2000 (1).

[97] 盛鸣. 维也纳城市发展战略规划对我国的启迪. 国外城市规划, 2006, 21 (1)：75 ~ 78.

[98] 施红平. 从规划编制研究中心的设立谈城市规划编制工作改革中的思考. 城市规划年会论文集：城市规划管理, 2005：856 ~ 866.

[99] 孙施文. 试析规划编制与规划实施管理的矛盾. 规划师, 2001 (3).

[100] 汤建中. 美国的城市规划和管理. 国外城市规划, 1986 (1).

[101] 王富海. 市场经济对城市规划的影响. 长江建设, 2004 (2)：16 ~ 17.

[102] 王富海. 从规划体系到规划制度——深圳城市规划历程剖析. 城市规划, 2000, 24 (2)：28 ~ 33.

[103] 汪德华. 评经济体制转换后的城市规划. 城市规划汇刊, 1997 (5).

[104] 王娜, 张年国. 城市规划管理信息系统评估的指标体系与测评方法. 2006, 22 (2)：18 ~ 20.

[105] 王世福. 建构面向事实的规划编制体系. 规划师论坛, 2003, 19 (5)：13 ~ 16.

[106] 王训国. 试论城市规划的有效实施. 规划师, 2000 (6).

[107] 王朝晖. "精明累进"的概念及其讨论. 国外城市规划, 2000 (3).

[108] 王钺等. 规划可操作问题浅议, 城市规划, 1999 (12).

[109] 魏宏森，曾国屏．系统论——系统科学哲学．北京：清华大学出版社，1995．

[110] 武进．中国城市形态．北京：江苏科学出版社，1990.

[111] 武廷海．探寻城市地区规划的新范式．城市规划，2001（6）．

[112] 吴良镛．吴良镛城市研究论文集．北京：中国建筑工业出版社，1996.

[113] 吴良镛，武廷海．从战略规划到行动计划——中国城市规划体制初论．城市规划，2003，27（12）：13～17.

[114] 吴启焰．大城市居住空间分异研究：以南京为例．南京大学博士论文，1999.

[115] 吴志强．德国城市规划编制过程．国外城市规划，1998（2）：30～34.

[116] 肖莹光，赵民．英国城市规划许可制度及其借鉴．国外城市规划，2005，20（4）：49～51.

[117] 谢文蕙，邓卫．城市经济学．北京：清华大学出版社，1996.

[118] 许菁芸，赵民．英国的"规划指引"及其对我国城市规划管理的借鉴意义．国外城市规划，2005，20（6）：16～20.

[119] 薛峰，周劲．城市规划体制改革探讨——深圳市法定图则规划体制的建立．城市规划汇刊，1999（4）：59～61，24～25.

[120] 杨兴权，张文曲．对我国城市规划编制和实施的思考．华中农业大学学报（社会科学版）．2001（6）：37～38.

[121] 姚士谋，朱振国．中国城市化过程中的土地合理使用问题．南京土地．2001（1）．

[122] 阳建强，吴明伟．现代城市更新．南京：东南大学出版社，1999.

[123] 叶骁军，温一慧．控制与系统——城市系统控制新论．南京：东南大学出版社，2000.

[124] 伊利尔·沙里宁，顾启源译．城市——它的发展、衰败与未来．北京：中国建筑工业出版社，1986.

[125] 殷毅，曾文．试论城市规划管理、实施对规划编制的反馈．武汉城市建设学院学报，1989，6（2），13～18.

[126] 袁奇峰．构建适应市场经济的城市规划体系．规划师，2004，12（20）：33～36.

[127] 张安录，杨钢桥．小城镇发展与建设用地管理．城市规划，2000，24（9）：51～53.

[128] 张兵．关于"概念规划"方法的初步研究——以广州市"总体发展概念规划"为例．城市规划，2001，25（3）：53～57.

[129] 张兵．城市规划理论发展的规范化问题——对规划发展现状的思考．城市规划学刊，2005（2）：21～24.

[130] 张留昆．深圳市法定图则面临的困难及对策初探．城市规划，2000，24（8）：28～30.

[131] 张苏梅，顾朝林．深圳法定图则的几点思考——中、美法定层次规划比较研究．城市规划，2000，24（8）：31～35.

[132] 张庭伟，1990年当代中国城市空间结构的变化及其动力机制．城市规划，2001（7）．

[133] 张庭伟．控制城市用地蔓延：一个全球的问题．城市规划，1999（7）．

[134] 张晓洪．城市规划管理与规划编制问题初探．规划师，2004，20（10）：30～31.

[135] 张勤．比区域规划更重要的是区域观念．国外城市规划，2000（2）：2.

[136] 章兴泉. 英国城市规划体制的演变. 国外城市规划, 1996 (4).

[137] 张志斌. 深圳城市规划：体系建立与制度创新. 地理学与国土研究, 1999, 15 (4)：26 ～ 30.

[138] 赵和生. 城市规划与城市发展. 南京：东南大学出版社, 1999.

[139] 赵民,唐子来. 城市发展与经济增长方式转变——理论分析与对策建议. 城市规划汇刊, 2000 (5)：23 ～ 29.

[140] 赵民. 城市规划行政与法制建设问题的若干探讨. 城市规划, 2000, 24 (7)：8 ～ 11.

[141] 赵民. 论城市规划的实施. 城市规划汇刊, 2000 (4)：28 ～ 31.

[142] 赵秀敏,葛坚. 城市公共空间规划与设计中的公众参与问题. 城市规划, 2004, 28 (1)：69 ～ 72.

[143] 周一星. 对城市郊区化要因势利导. 城市规划, 1999 (4).

[144] 周建军. 从城市规划的"缺陷"与"误区"说开去. 规划师, 2001 (3).

[145] 周卫. 市场失灵与规划调控. 城市规划汇刊, 2000 (2).

[146] 周牧之. 中国不能再忽视城市化. 中国地产市场, 2001 (1, 2).

[147] 朱喜钢. 集中与分散——城市空间结构演化与机制研究. 博士论文, 2000.

[148] 中国城市规划学会. 五十年回眸——新中国的城市规划. 上海：商务印书馆, 1999.

[149] 中国城市规划设计研究院. 南京市城市空间战略发展研究. 2000.

[150] 中国城市交通发展战略研讨会论文集. 北京：北京师范大学出版社, 1997.

[151] 周建军. 论"三分规划, 七分管理", 城市规划, 1998 (5).

[152] 周卫. 城市规划体系构建探索. 城市规划汇刊, 1997 (5).

[153] 邹兵. 经济全球化背景下中国城市规划体系的发展和完善. 规划师, 2002 (2).

[154] 邹德慈, 金经元译. 城市与区域规划. 北京：中国建筑工业出版社, 1985.

[155] 周干峙. 中国的城市化和大都市地区的规划, 见中英城市复兴高层论坛, 2005.

[156] 周干峙. 用科学规划开创城镇建设的新局面——论规划的历史机遇和"龙头"地位. 城市规划, 2006, 30 (11)：25 ～ 29.